W0382831

LES DEUX OREILLES ET LA QUEUE

DU MÊME AUTEUR

1. *Ça ne s'invente pas.*
2. *Passez-moi la Joconde.*
3. *Sérénade pour une souris défunte.*
4. *Rue des Macchabées.*
5. *Du sirop pour les guêpes.*
6. *J'ai essayé : on peut !*
7. *En long, en large et en travers.*
8. *La vérité en salade.*
9. *Tout le plaisir est pour moi.*
10. *Fleur de nave vinaigrette.*
11. *Ménage tes méninges.*
12. *Le loup habillé en grand-mère.*
13. *San-Antonio chez les « gones ».*
14. *En peignant la girafe.*
15. *Du brut pour les brutes.*
16. *J'suis comme ça.*
17. *Un os dans la noce.*
18. *San-Antonio chez les Mac.*
19. *San-Antonio polka.*
20. *Les prédictions de Nostrabérus.*
21. *Le coup du père François.*
22. *Votez Bérurier.*
23. *Vas-y, Béru !*
24. *Tango chinetoque.*
25. *Salut, mon pope !*
26. *Mets ton doigt où j'ai mon doigt.*
27. *Mange et tais-toi.*
28. *Faut être logique.*
29. *Y a de l'action !*
30. *Si, signore.*
31. *Béru contre San-Antonio.*
32. *L'archipel des Malotrus.*
33. *Maman, les petits bateaux.*
34. *Zéro pour la question.*
35. *Bravo, docteur Béru.*
36. *La vie privée de Walter Klozett.*
37. *Viva Bertaga.*
38. *Un éléphant, ça trompe.*
39. *Faut-il vous l'envelopper ?*
40. *Tu vas trinquer, San-Antonio.*
41. *Le gala des emplumés.*
42. *Dis bonjour à la dame.*
43. *Laissez tomber la fille.*
44. *Les souris ont la peau tendre.*
45. *Mes hommages à la donzelle.*
46. *Certaines l'aiment chauve.*
47. *Du plomb dans les tripes.*
48. *Des dragées sans baptême.*
49. *Des clientes pour la morgue.*
50. *Descendez-le à la prochaine.*
51. *Bas les pattes !*
52. *Concerto pour porte-jarretelles.*
53. *Deuil express.*
54. *J'ai bien l'honneur de vous buter.*
55. *C'est mort et ça ne sait pas !*
56. *Messieurs les hommes.*
57. *Du mouron à se faire.*
58. *Le fil à couper le beurre.*
59. *Fais gaffe à tes os.*
60. *Sucette boulevard.*
61. *A tue... et à toi.*
62. *Ça tourne au vinaigre.*
63. *Les doigts dans le nez.*
64. *Remets ton slip, gondolier.*
65. *Au suivant de ces messieurs.*
66. *Des gueules d'enterrement.*
67. *Les anges se font plumer.*
68. *La tombola des voyous.*
69. *Chérie, passe-moi tes microbes !*
70. *J'ai peur des mouches.*
71. *Le secret de Polichinelle.*
72. *Du poulet au menu.*
73. *Prenez-en de la graine.*
74. *On t'enverra du monde.*
75. *Une banane dans l'oreille.*
76. *San-Antonio met le paquet.*
77. *Entre la vie et la morgue.*
78. *San-Antonio renvoie la balle.*
79. *Hue, dada !*
80. *Berceuse pour Bérurier.*
81. *Ne mangez pas la consigne.*
82. *Vol au-dessus d'un lit de cocu.*

83. *La fin des haricots.*
84. *Y a bon, San-Antonio.*
85. *Si ma tante en avait.*
86. *De « A » jusqu'à « Z ».*
87. *Bérurier au sérail.*
88. *La rate au court-bouillon.*
89. *En avant la moujik.*
90. *Ma langue au Chah.*
91. *Fais-moi des choses.*
92. *Ça mange pas de pain.*
93. *N'en jetez plus !*
94. *Moi, vous me connaissez ?*
95. *Viens avec ton cierge.*
96. *Emballage cadeau.*
97. *Appelez-moi chérie.*
98. *Mon culte sur la commode.*
99. *T'es beau, tu sais !*
100. *Tire-m'en deux, c'est pour offrir.*
101. *A prendre ou à lécher.*
102. *Baise-ball à La Baule.*
103. *Meurs pas, on a du monde.*
104. *Tarte à la crème story.*
105. *On liquide et on s'en va.*
106. *Champagne pour tout le monde !*
107. *Réglez-lui son compte !*
108. *La pute enchantée.*
109. *Bouge ton pied que je voie la mer.*
110. *L'année de la moule.*
111. *Du bois dont on fait les pipes.*
112. *Va donc m'attendre chez Plumeau.*
113. *Morpions Circus.*
114. *Remouille-moi la compresse.*
115. *Si maman me voyait !*
116. *Des gonzesses comme s'il en pleuvait.*
117. *Les deux oreilles et la queue.*
118. *Pleins feux sur le tutu.*
119. *Laissez pousser les asperges.*
120. *Poison d'avril ou la vie sexuelle de Lili Pute.*
121. *Bacchanale chez la mère Tatzi.*
122. *Dégustez, gourmandes !*
123. *Plein les moustaches.*
124. *Après vous s'il en reste, Monsieur le Président.*
125. *Chauds, les lapins !*
126. *Alice au pays des merguez.*
127. *Fais pas dans le porno...*
128. *La fête des paires.*
129. *Le casse de l'oncle Tom.*
130. *Bons baisers où tu sais.*
131. *Le trouillomètre à zéro.*
132. *Circulez, y a rien à voir.*
133. *Galantine de volaille pour dames frivoles.*
134. *Les morues se dessalent.*
135. *Ça baigne dans le béton.*
136. *Baisse la pression, tu me les gonfles !*
137. *Renifle, c'est de la vraie.*
138. *Le cri du morpion.*
139. *Papa, achète-moi une pute.*
140. *Ma cavale au Canada.*
141. *Valsez, pouffiasses.*
142. *Tarte aux poils sur commande.*
143. *Cocottes-minute.*
144. *Princesse Patte-en-l'air.*
145. *Au bal des rombières.*
146. *Buffalo Bide.*
147. *Bosphore et fais reluire.*
148. *Les cochons sont lâchés.*
149. *Le hareng perd ses plumes.*
150. *Têtes et sacs de nœuds.*
151. *Le silence des homards.*
152. *Y en avait dans les pâtes.*
153. *Al Capote.*
154. *Faites chauffer la colle.*
155. *La matrone des sleepinges.*
156. *Foiridon à Morbac City.*
157. *Allez donc faire ça plus loin.*
158. *Aux frais de la princesse.*
159. *Sauce tomate sur canapé.*
160. *Mesdames, vous aimez « ça ».*
161. *Maman, la dame fait rien qu'à me faire des choses.*

162. *Les huîtres me font bâiller.*
163. *Turlute gratos les jours fériés.*
164. *Les eunuques ne sont jamais chauves.*
165. *Le pétomane ne répond plus.*
166. *T'assieds pas sur le compte-gouttes.*
167. *De l'antigel dans le calbute.*
168. *La queue en trompette.*
169. *Grimpe-la en danseuse.*
170. *Ne soldez pas grand-mère, elle brosse encore.*
171. *Du sable dans la vaseline.*
172. *Ceci est bien une pipe.*
173. *Trempe ton pain dans la soupe.*
174. *Lâche-le, il tiendra tout seul.*
175. *Céréales killer.*

Hors série :

Histoire de France.
Le standinge.
Béru et ces dames.
Les vacances de Bérurier.
Béru-Béru.
La sexualité.
Les Con.
Les mots en épingle de Françoise Dard.
Queue-d'âne.
Les confessions de l'Ange noir.
Y a-t-il un Français dans la salle ?
Les clés du pouvoir sont dans la boîte à gants.
Les aventures galantes de Bérurier.
Faut-il tuer les petits garçons qui ont les mains sur les hanches ?
La vieille qui marchait dans la mer.
San-Antoniaiseries.
Le mari de Léon.
Les soupers du prince.
Dictionnaire San-Antonio.
Ces dames du Palais Rizzi.
La nurse anglaise.
Le dragon de Cracovie.
Napoléon Pommier.

Œuvres complètes :

Vingt-neuf tomes parus.

Morceaux choisis :

1. *Réflexions énamourées sur les femmes*
2. *Réflexions pointées sur le sexe*
3. *Réflexions poivrées sur la jactance*
4. *Réflexions appuyées sur la connerie*
5. *Réflexions sur les gens de chez nous et d'ailleurs*
6. *Réflexions passionnées sur l'amour*
7. *Réflexions branlantes sur la philosophie*
8. *Réflexions croustillantes sur nos semblables*
9. *Réflexions définitives sur l'au-delà*
10. *Réflexions jubilatoires sur l'existence*

Mes délirades

SAN-ANTONIO

LES DEUX OREILLES ET LA QUEUE

ROMAN

Fleuve Noir

Edition originale
parue dans la même collection
sous le même numéro

Le Code de la propriété intellectuelle n'autorisant, aux termes de l'article L. 122-5, 2° et 3° a), d'une part, que les « copies ou reproductions strictement réservées à l'usage privé du copiste et non destinées à une utilisation collective » et, d'autre part, que les analyses et les courtes citations dans un but d'exemple ou d'illustration, « toute représentation ou reproduction intégrale ou partielle faite sans le consentement de l'auteur ou de ses ayants droit ou ayants cause est illicite » (art. L. 122-4).
Cette représentation ou reproduction, par quelque procédé que ce soit, constituerait donc une contrefaçon sanctionnée par les articles L. 335-2 et suivants du Code de la propriété intellectuelle.

© 1984, Fleuve Noir, département d'Univers Poche.

ISBN 2-265-07307-5
ISSN 0768-1658

LES DEUX OREILLES
ET
LA QUEUE

Roman grimpant d'une extrême beauté, avec plein de ramifications, de mots dégueulasses et de poils frisés. Retenu par le jury du Prix Goncourt pour ses vacances.

Pour Patrick SÉBASTIEN
qui n'a pas que du talent.
Avec ma tendresse fraternelle,

San-A.

CHAPITRE PREMIER

IL EXISTE DE LA FUMÉE SANS FEU

Kalel dort, la face enfouie dans son oreiller.

Sous l'oreiller se trouve un pistolet en parfait état de marche, avec huit balles dans le garde-manger.

Sous le pistolet, il y a le drap, puis le matelas et enfin le sommier.

Sous le sommier est planquée une valise de fer.

On dira encore, pour être exhaustif, que sous la valise s'étend la moquette et, par-dessous cette dernière, le plancher.

On s'arrêtera là, pas trop faire chier le lecteur qui n'est pas entré dans cet ouvrage pour ça.

Kalel rêve à une dame qu'il n'a jamais vue, mais qui a le feu au cul. Littéralement, puisque de longues flammes rousses comme l'a été à deux ou trois reprises Mme Dalida, lui sortent de la raie culière.

D'ailleurs ça pue le cramé. On se croirait devant un barbecue.

Et justement, voilà les pompiers qui se pointent en pim-ponnant à tout-va. Kalel se dit dans son subconscient qu'ils ne vont pas arriver à temps. Ça flambe trop fort. Le cul à la dame rousse pourrait jouer dans « Les remords de l'évêque Cauchon ». La fumée se faufile dans les bronches de Kalel, dans ses poumons.

Il étouffe. Ça le réveille. Il se dresse sur son séant, en sueur, avec un goût de suie dans la bouche. Un goût poisseux. Il voit la chambre emplie de fumée. Il entend ronfler un brasier, pas très loin. Des gens remue-ménagent en glapissant « Au feu ! ». La tire des pompelards est stoppée devant l'hôtel.

Kalel saute de son pieu pour cavaler à la lourde. Miséricorde ! Le palier est en feu. Pas mèche de plonger dedans. Alors il court à sa fenêtre, du moins, le veut, seulement un terrible vertigo le biche. Il sent ses genoux fléchir. Il s'écroule sur la moquette. La fumée envahit la pièce, tout est flou, hallucinant. Kalel se dit « que merde, franchement, c'est trop con ! » Il est au bord du néant, à demi défenestré de la planète Terre.

Il perçoit des bruits de plus en plus forts. Il croit comprendre qu'on frappe à coups de hache dans les volets de sa piaule qu'il a cadenassés. Ensuite il reconnaît le cliquetis du verre pulvérisé. Dans l'âcre opacité qui l'environne, il lui semble déceler un pompier à frime de cauchemar, car il a un masque à gaz sur le museau, ce qui le rend vachement morbide. Le pompier s'empresse, lui plaque quelque chose sur le nez et la bouche. Kalel en éprouve aussitôt du bien-être. Un sauvage contentement le porte à l'euphorie. Il voudrait hurler de joie. Le brave pompelard le charge sur ses épaules en trois temps : un coup pour l'arracher du sol, un autre pour se baisser, un troisième, hop ! pour le placer sur son dos, les bras pendant par-derrière. Sacré brave pompier !

Kalel ignore que le vaillant sauveteur se nomme San-Antonio. Il l'ignorera toujours.

Au plus lointain de son affaiblissement, Kalel dédie une pensée à sa valise métallique sous le lit. Elle va cramer avec l'*Hôtel des Voyageurs*. S'être donné tant de mal pour en arriver là !…

Mais l'essentiel est de vivre, non ? Du moins, encore un peu. Car personne n'est jamais sauvé ; simplement « prolongé ». Seulement, si on prenait vraiment conscience de la chose, on irait se pendre dans la première grange venue.

⁂

Pendant que les pompiers chargent Kalel dans une ambulance rouge, sur le palier du second étage où il logeait, un homme s'active. Il porte un masque, tout comme le sauveteur de Kalel. Mais il est en civil : pantalon de velours côtelé, blouson en simili cuir. Il est roux violent, ce type. Il a des gestes précis pour neutraliser son fourbi de fumigènes qui dégagent une fumée soporifique, et éteindre les feux de bengale si impressionnants.

Depuis le bas de la cage d'escalier, l'hôtelier, M. Valentin lui demande à la cantonade si « votre bordel a fait du dégât » ; mais à cause de son masque, l'homme roux ne peut répondre, et alors M. Valentin se fait un sang d'encre. Les flics, c'est bien beau : ils promettent monts et merveilles, seulement après, quand tu veux te faire rembourser, tiens, fume ! C'est le cas de le dire !

⁂

Dans l'ambulance, un infirmier fait une piqûre à Kalel. Il lui promet que rien de grave. Il s'en sortira. Les poumons un peu atteints par la fumée, mais, selon lui, au bout de quelques jours, il pourra aller à la montagne se refaire une plèvre. Kalel ne répond rien. Maintenant qu'il se sait sauvé, il se met à déplorer vachement fort sa valise métallique. Que vont dire les autres ? Ça risque de chier rouge pour sa pomme. La piquouze l'expédie dans le sirop. Une petite infusion de néant, c'est toujours bon à prendre.

— Ça a été comme ça ? demande le lieutenant Laurent au pompier assis à son côté dans la cabine du gros véhicule.

Le pompier San-Antonio caresse le flanc de la valise métallique posée sur ses genoux.

— Un vrai velours, lieutenant.

Laurent a beau être un homme discret, tu ne l'empêcheras pas de se poser des questions ni de les laisser déborder un brin.

— Je ne vous demande pas à quoi tout cela rime, dit-il, avec l'espoir que son voisin de banquette éclairera sa lanterne.

— Vous êtes très gentil, répond le pompier San-Antonio.

Il n'ajoute rien. Bon, top secret ! Le lieutenant Laurent a un léger soupir de regret et se résigne à l'ignorance.

CHAPITRE II

LES VOYAGEURS SANS BAGAGE

Ces messieurs entourent la valtoche comme s'il s'agissait d'un sarcophage qu'on vient de mettre à jour.

Il y a là le nouveau dirlo de la Rousse (le successeur de celui qui a succédé à Bérurier), un vice-sous-secrétaire d'Etat, le commandant Flanel (qui appartient à l'antenne de l'Elysée), plus un grand de la D.S.T. dont j'ai oublié le nom parce que je ne me le rappelle plus.

— Tout s'est bien passé, commissaire ? me demande mon « boss » d'un ton négligent, comme si la chose allait de soi.

C'est un petit gros, déplumé du dessus, qui devient écarlate au moindre effort (ouvrir un tiroir de son bureau lui en est un).

— Parfaitement bien, réponds-je.

Je déteste les aréopages. Ces gens qui ne sont pas de parole, mais de parlote, grenouilleurs d'antichambres ministérielles, francs comme des Wisigoths, toujours prêts à t'envoyer à la castagne à l'œil pour te désavouer quand les choses tournent mal, et qui s'approprient tes victoires pour ne te laisser que le sparadrap et le mercurochrome ; ces gens, donc, me bassinent le bassin, m'oignent les précieuses à l'huile d'hypocrisie et, pour te dire tout une grande bonne fois, me flanquent une incoercible envie de gerber.

Je les contemple, saisis d'effroi, paltoquets décorés en cours de gradation, bassement avides, louches comploteurs et cireurs de pompes patentés ; les contemple en remerciant le Seigneur de ne m'avoir point fait à leur image, mais harnaché de défauts différents des leurs et nanti de quelques qualités qui me servent de tromboling.

— Vous avez ouvert cette valise, commissaire ? questionne le sous-machin-au-chose.

— Non, monsieur le ministre, lui vaporisé-je, manière de faire frémir sa pauvre bibite colimaçonne dans son slip pour cul étroit.

J'ajoute :

— Je ne me le serais pas permis, ma mission consistant uniquement à m'en emparer.

— Elle ne serait pas piégée ? hasarde le commandant Martel.

Qu'aussitôt sa réflexion militaire provoque une reculade du groupe, au point que le grand de la D.S.T. me marche sur le pied, ce foutu con.

— Elle a été passée aux rayons « X », en laboratoire, mon commandant ; on n'a rien détecté de suspect.

— Eh bien, ma foi, en ce cas, ouvrez-la donc, commissaire, me prie le dirluche. Cela vous revient de droit puisque c'est vous qui l'avez conquise.

Conquise ! Je te jure, y en a qui chient pas la honte !

Je m'approche de la valise aux fermoirs énergiques et fais jouer ceux-ci d'un double et simultané mouvement des pouces. Les assistants ont encore reculé.

Comme je ne me transforme pas en confetti, ils rabattent. Ainsi des poissons qui se tirent quand un corps solide tombe dans l'eau, puis qui, vite, reviennent voir ce dont il s'agit.

La valise est garnie de polyester teint en rouge dans lequel on a ménagé quatre alvéoles pour y loger quatre bocaux (de chacun un bocal). A l'intérieur de ceux-ci on ne voit rien qu'une sorte de matière un peu laiteuse dans le fond. Sur les couvercles vissés, des étiquettes comportent des indications en anglais mêlé de latin et puis des têtes de mort stylisées.

Ces messieurs regardent d'un air circonspect les quatre récipients. On pourrait croire qu'il s'agit de bocaux de confiture vides, ou bien d'étuis à objectifs.

— Ma foi, je pense que nos collègues américains seront satisfaits, gazouille mon taulier.

Il est presque violet d'avoir dit ça. Ce mec, à sa place, je ferais surveiller ma tension artérielle. J'évoque le cher Achille des temps enfuis. Il avait l'air d'un lord anglais mâtiné comte ou duc de France, le Tondu. Le « nouveau », lui, évoque un patron de bistrot qui se serait hissé jusqu'à la grande brasserie. Il a l'air content de lui et prêt à payer sa tournée.

— On les a prévenus du succès de l'entreprise ? demande le sous-truc-du-machin.

— Pas encore, je vous laisse ce plaisir, le pourlèche mon directeur de bistrot, bien le long de sa grosse veine bleue.

— En ce cas, je me mets immédiatement en rapport avec l'ambassade U.S.

Le commandant Flanel murmure :

— Et en attendant que nous leur restituions ces saloperies, où allons-nous les entreposer ?

Un silence lui répond. Eloquent. Chacun défrime les quatre récipients à haute teneur de mort violente. Personne n'est très joyce pour les héberger. On ne sait jamais…

Mon taulier soupire :

— Ici, je ne suis pas outillé pour, le coffre dont je dispose n'a pas la profondeur voulue, je peux vous le montrer. D'ailleurs il est archicomble de documents qu'il me serait impossible de transférer ailleurs.

Le gugus de la D.S.T. assure que, lui non plus, il ne saurait se charger du colis. Le commandant hausse les épaules. Vous le voyez-t-il emporter cela à l'Elysée, voyons, messieurs ? Non, on ne le voit pas. Bon, donc ça va être la fête au vice-sous-secrétaire d'Etat, mais il égosille que son burlingue est tout petit. Son poste a été créé en surplus et il loge dans une ancienne salle de bains, du ministère des Affaires en cours, alors vous jugez ?

J'écoute ces quatre glandus jouer mentalement au rugby avec la damnée valise. Ils se font des passes, mais sans essayer de monter à l'essai. Les suggestions qu'ils échangent feraient pleurer un oignon.

A la fin, c'est le commandant qui trouve l'idée du siècle : ils vont aller déposer la valise dans un coffre de la banque G.D.B. à côté. Ils le loueront à leurs quatre noms, conjointement. Le moment venu, lorsque les Ricains viendront chercher leur camelote, ils iront la retirer avec eux et procéderont à la passation des bocaux. Cette proposition est acceptée à l'unanimité. Chacun trouve que, pour un commandant, c'est même pas mal concocté.

Les quatre se lèvent et vont décrocher leurs impers car il lancequine comme Walkyrie sur Paname. Ces messieurs se taillent sans même me dire au revoir, après avoir mandaté le brigadier Poilala pour coltiner la valise.

Car je te le répète : on ne sait jamais !…

CHAPITRE III

ON NE PREND RIEN QUAND ON NE PREND PAS TOUT

Dans sa chambre qu'il partage avec quatre ou cinq pèlerins plus ou moins endommagés, Kalel s'efforce de respirer normalement, mais une gêne se fait sentir dans ses soufflets.

A onze plombes, le médecin-chef passe et vient à son lit. C'est un vieux branleur, tout chenu dans sa blouse blanche. La poche droite est trouée par le mégot mal éteint qu'il y a glissé. Il porte un stéthoscope autour du cou, comme la chaîne de quelque ordre vinasseux.

Il s'approche de Kalel, fourre les deux embouts de caoutchouc dans ses étagères à crayon et l'ausculte avec application.

Puis il hoche la tête et va mater son tableau de température.

— Vous pourrez partir demain, annonce-t-il, pour peu que vous me promettiez d'aller à la montagne passer quinze jours de convalescence. Je vous prescrirai certains remèdes qu'il faudra prendre scrupuleusement.

Kalel répond que « merci bien docteur comptez sur

moi ». Le vieux toubib (qui se nomme César Pinaud) se retire après avoir survolé les autres lits.

Kalel fait un signe à l'infirmière qui escorte le « patron ». Ne pourrait-il avoir un journal ?

La ravissante dame, une piquante brunette aux loloches parées pour affronter le grand large, acquiesce.

De fait, cinq minutes plus tard, elle apporte un *France-Soir* tout frais, qu'il vaut mieux ne pas frotter à une robe de mariée. Kalel le parcourt hâtivement. L'incendie de l'*Hôtel des Voyageurs* est relaté en page trois. Vingt lignes. Le feu a pris dans la buanderie à la suite d'une négligence de la lingère qui serait allée boire un café en laissant son fer branché. L'hôtel a complètement brûlé. On déplore une demi-douzaine de blessés légers dont un seul a dû être hospitalisé. Point c'est tout, à la ligne.

Kalel dédaigne la déclaration du Premier Sinistre à l'Assemblée, de même que le succès de Bordeaux contre le Paris-Saint-Germain. Il replie le journal et le dépose sur sa table de chevet métallique. L'hôtel a complètement brûlé. Adieu la valise !

Maintenant, il va falloir s'expliquer avec *les autres.* Salope de lingère à tête de linotte ! Laisser un fer branché ! Café son cul, oui ! Elle devait s'offrir une partie de jambons avec son taulier pour tellement s'éterniser. Kalel est tenté d'alerter *les autres*, mais il a reçu des instructions d'extrême prudence et décide d'attendre sa sortie pour le faire.

Dans sa chambrée, un vieux kroum azimuté chante une scie d'avant-guerre racontant l'affaire *d'un musicien qui jouait dans une boîte de nuit, et les plus jolies femmes venaient s'asseoir autour de lui, et voilà qu'un beau jour, ce fut lui qui fut aimé d'amour*, tatsoin !

Son plus proche voisin lui demande s'il pourrait pas fermer sa putain de grande gueule de merde, nom de Dieu de bordel à cul ! Ça le gêne pour prier.

Le vioque maugrée, puis la ferme, mais cinq minutes plus tard, il entonne *Laissez-moi vous aimer, ne serait-ce qu'un soir…*

Kalel songe que, bon, merci bien, il est temps de faire son paquetage et d'aller soigner ses poumons meurtris en des lieux plus cléments.

Il attend le début de l'après-midi, heure des visites, pour se lever et aller ramasser ses fringues dans le placard qui lui est dévolu. Il les roule en boule puis, profitant de l'indifférence générale, se saboule en loucedé dans son plumard. Quand les visiteurs se font la paire, après avoir déposé une boutanche de quelque chose bon marché sur la table du visité, et un bisou encore meilleur marché sur son front, il se coule parmi eux jusqu'à la sortie.

C'est un gars qui a des dons de chat, Kalel. Il sait se mouvoir sans se faire remarquer, s'abstraire, pour ainsi dire ; marcher à pas de velours, avoir l'air de n'être rien : un art !

***

Ses poumons cessent de lui foutre cette douloureuse cuisance dans le buffet.

Il va écluser deux caouas serrés comme des tailles de danseuses dans un troquet et se met à gamberger. Ensuite, il se dresse un programme, comme tout le temps, car c'est un mecton vachement organisé, qui bâtit à l'avance ses journées comme des voyages Jet-Tour.

Il hésite à fréter un taxi ; tout compte fait, il opte pour le R.E.R.

Vingt minutes plus tard, il déboule à La Varenne-Saint-Hilaire et se dirige d'un pas fluide vers l'*Hôtel des Voyageurs*. Une valdingue métallique peut-elle résister à un brasier ? Qui sait si les décombres ne lui réservent pas une bonne surprise ? Kalel ne néglige jamais rien, et c'est pour cela qu'il est venu ici avant d'alerter *les autres*.

Il s'éloigne de la gare, en direction de la Marne. Des rafales de pluie le cinglent par moments, alors il fait le dos rond. Il sera trempé, bon, et alors ? Dans son job on résiste à tout et particulièrement aux intempéries.

Quand il parvient sur le quai Colonel-Calgout-de-Vinasse, il se cabre. Là-bas, à deux cents mètres, l'*Hôtel des Voyageurs* est intact sous la flotte. Pas une trace de suie, il reluit même comme les murs blafards des peintures de Vlaminck.

Kalel continue sa marche et passe devant l'hôtel. A la fenêtre de « sa » chambre, un couple qui assurément « vient de bien faire », regarde couler la rivière aux berges romantiques.

Kalel se dit qu'il a été enfilé à sec, et de première. On n'a rien négligé pour le biter en force. Jusqu'à ce *France-Soir* truqué qui… Toutefois, ceux qui l'ont arnaqué ne sont pas allés jusqu'au bout de leur propos, *sinon ils auraient brûlé l'hôtel pour de bon.*

Kalel en conclut que les Occidentaux font toujours les choses à moitié et que c'est ce qui les perdra.

CHAPITRE IV

Y EN A QU'ONT DU COFFRE

— Froid aux yeux, moi ? Jamais, avec mes lunettes thermolactyles !

Allongé sur le lit de la Tzarine, je procède mentalement à une refonte de ma vie.

La Tzarine est une fabuleuse créature de quarante-cinq étés, blonde, ardente, avec un regard au bleu si intense qu'il semble noir. Une rencontre du troisième type, cette dame ! Ma plus récente ! L'une des plus magistrales. Un volcan d'or et de porcelaine, aurait écrit un romantique du siècle dernier. On s'est rencontrés simplement et elle n'a rien fait pour chercher à me plaire ; à preuve : elle a embugné sauvagement l'aile arrière gauche de ma Maserati. Une espèce de crime, en somme ! Elle drivait (si l'on peut dire) un cabriolet Mercedes. Son tort, ç'a été de vouloir, en même temps, contempler la boutique Dior, avenue Montaigne.

Deux actions aussi contradictoires et simultanées, ça ne pardonne pas. Quand j'ai vu sa gueule, je lui ai pardonné tout de suite. La confusion lui seyait à ravir. Une collision, on a toujours l'air con : collisionné ou collisionneur. Y a immanquablement cet instant d'effarement. On est contrarié et furieux. D'emblée protestataire.

La Tzarine est descendue de sa calèche, moi de la mienne. Son capot tordait le nez, mon aile ressemblait à du papier chiottes. Je l'ai illico baptisée « la Tzarine » à cause de son manteau de cuir noir à col de vison blanc, de ses cheveux blonds, de sa noblesse et de tout ce saint-frusquin de merde qui fait que tu as envie de sauter sur une dame pour lui expliquer le coup du lapin agile. Elle a considéré les dégâts sans trop s'émouvoir, puis m'a regardé, et alors mon sourire capiteux l'a dégoupillée.

— Comment, vous ne m'apostrophez pas ? a-t-elle demandé.

— Pourquoi vous apostropherais-je, madame ? Etre contacté par une femme telle que vous ne peut que combler un homme digne de ce nom. Vous avez tant de charme que mon aile froissée me paraît bien plus belle ainsi et que je me propose de la laisser dans cet état en souvenir d'un instant inoubliable.

Elle a apprécié, bien que ce fût gros comme ces brins de ficelle servant à amarrer les navires. Et puis voilà que j'ai présentement la joue contre son ventre palpitant. Le fabuleux oreiller n'ose bouger pour ne pas troubler ma songerie.

Repu d'amour, donc ayant accompli mon présent de la meilleure façon qui se puisse, je me tourne vers l'avenir. Me dis que ça commence à bien faire, la Rousse. Depuis la mise à pied de Béru et le départ du Vieux, tout a basculé, je ne sais plus ce que j'y cherche. J'ai envie d'autre chose : d'évasion, de liberté. Peut-être de me foutre à mon compte après tout ? J'aimerais voler de mes propres ailes. Alors, quoi, l'import-export ? L'édition ? Le journalisme ? Rien ne me botte vraiment. Je pressens ce dont j'ai besoin, sans parvenir à le cerner. Toujours est-il, qu'article premier ÇA VA CHANGER. *Do you* pigez, les gars ?

On perçoit un bruit dans l'appartement : un murmure de voix.

— Bonté divine, il y a du monde chez vous, ma souveraine ! m'exclamé-je en abandonnant son séant pour me dresser sur le mien.

La Tzarine soupire :

— Mon époux, sans doute.

Sans plus s'alarmer que s'il était question du livreur de chez Fauchon venu lui apporter les premiers rutabagas amenés d'Australie par jet spécial.

On toque à la porte. Elle répond « Oui ? ». Un monsieur aimable apparaît, bien fringué, plus tout jeune. Il nous avise, murmure « Pardon » et referme.

Mais sans claquer la lourde. Un vrai gentil, conciliant en plein.

Je regarde la Tzarine.

Elle s'amuse de mon anxiété.

— Ne faites pas cette tête, chéri, Mathieu n'est pour moi que le plus merveilleux des amis. Nous avons déjà divorcé deux fois, mais six mois après nos divorces nous nous remarions, tellement nous sommes désemparés.

En femme discrète, elle s'était abstenue jusque-là de toute confidence quant à sa vie privée, chose appréciable entre toutes, car rien n'est plus déprimant que ces dames adultères qui se croient obligées de dauber sur leur conjoint entre deux étreintes et de faire passer leur mari pour plus con qu'il n'est cocu.

Quand je suis rafistolé, la Tzarine me guide au salon où son monsieur caresse leur caniche royal en regardant la télé.

Présentations fort urbaines. Il me presse la louche cordialement.

— Ravi de vous connaître, m'assure-t-il avec tant de spontanéité que je le crois sincère. Ma femme m'a beaucoup parlé de vous, avec un enthousiasme qui vous honore. Il paraît que vous êtes un commissaire fort brillant ?

— Votre épouse est trop indulgente, réponds-je.

Comme tu le vois, nous sommes entre gens de bonne compagnie.

Il sourit.

— Je crois que vous allez avoir l'occasion d'exercer vos talents, mon cher.

— Pour quelle raison ? lui demandé-je.

Mais au lieu de me répondre directo, il s'adresse à la Tzarine :

— Ma Choute, tu tenais beaucoup à ta parure de diamants, n'est-ce pas ? Je veux parler de celle que ma mère t'a offerte à notre premier mariage.

— Pourquoi cet imparfait ? s'écrie l'épouse en alerte.

— Parce que M. Spaggiari a fait école et qu'on vient de détrousser la salle des coffres de la G.D.B. Hélas, le nôtre figure sur la liste de ceux qui ont été visités.

La Tzarine pâlit à l'extrême, son regard bleu sombre s'agrandit, ses lèvres fort heureusement fardées s'écartent sous l'empire du courroux et de la déception.

— Quelle horreur ! s'écrie-t-elle.

A cet instant, le bip-bip dont nous sommes sophistiquement affublés depuis dorénavant, nous, les poulets de haut niveau, se met à glaglater.

Cela signifie que le big boss me hèle d'urgence.

— Me permettez-vous de téléphoner ? demandé-je à mes hôtes.

Mais comment donc ! Que je veuille bien passer dans le bureau du maître de maison (la maîtresse de maison étant également la mienne).

Je lance mon coup de turlu. Le « nouveau » parle comme un qui a mangé des moules pas fraîches et qui n'en finit pas de les restituer.

— *Vous... brahoug...* connaissez la nounou... la *brahoug...* nouvelle, Santantonio ?

— Oui, dis-je : on a pillé la salle des coffres de la G.D.B. et, si j'en crois votre émotion, monsieur le directeur, la fameuse valise compte parmi le butin des chevaliers du chalumeau ?

— Exactement ! C'est catastrophique ! La délégation américaine chargée de recouvrer cette foutue valise arrive demain. Nous sommes bafoués, déshonorés.

— Il y a pire, objecté-je.

Mon directeur rubicond (qui ne va pas tarder à le franchir, du train où vont les choses) lance une plainte d'alcoolo en manque.

— Comment, pire ?

— Si les malfrats qui ont monté l'opération ont le malheur de dévisser les couvercles de ces foutus bocaux, les conséquences seront incalculables. Des dizaines de milliers de personnes périront. Il faut lancer un appel immédiatement sur les radios et les télévisions, monsieur le directeur.

— Vous êtes fou, Santantonio ! ce serait déclencher la panique ! Et révéler à l'organisation du dénommé Kalel que nous avons monté le coup du faux incendie !

— Tout est préférable à ce qui arriverait si l'on ouvrait les bocaux ! riposté-je sèchement.

Mais il pleutre à bloc, le violacé.

— Non, non, ergote-t-il. On ne peut pas... Et d'ailleurs qui vous dit que les pilleurs de coffres n'abuseraient pas de la situation pour rançonner le gouvernement lui-même, en apprenant qu'ils détiennent une pareille arme !

Argument valable. Je ne moufte plus.

— Je vais en référer, dit-il, mais sans plus attendre, mobilisez nos effectifs, Santantonio, et retrouvez-moi cette valise, je vous en conjure. Faites tout donner, mais que ça ne transpire pas ! Surtout que ça ne transpire pas !

En attendant, c'est lui qui transpire, crois-moi.

Je vais rejoindre la Tzarine et son mari à répétition.

— Les événements s'emboîtent à la perfection, leur dis-je : je viens d'être chargé de l'enquête à propos du pillage des coffres.

Ma douce amie m'écrie, dans un élan sublime qui mériterait qu'elle me joue ça vêtue d'une robe à crinoline :

— Oh ! de grâce, récupérez ma parure, mon grand fou, c'est un bijou unique au monde. Si vous me le rapportez, je... je...

— Tu, quoi ? demande doucement l'époux. Je pense que tu ne peux guère promettre au commissaire davantage que tu ne lui as déjà donné.

Après quoi, plus prosaïquement, il me propose un scotch. Mais non, merci, j'ai école ; et puis surtout, j'aime pas le whisky. Je préfère tirer un coup avec sa dame que d'en boire un avec lui.

CHAPITRE V

LA VÉROLE DANS LE CHANTIER

Tu l'auras sûrement remarqué, de nos jours les flics ne se différencient un tout petit peu des truands que par le fait qu'ils usent moins volontiers de leurs pétards. La nouvelle génération de « collègues » semble avoir tourné le remake de *West Side Story.* Ce n'est que jeans, tee-shirts, blousons et baskets. Aucun d'eux n'a jamais entendu parler de la cravate, ou alors ils la confondent avec les jabots Louis XV et les perruques Louis XIV. C'est le style « décontracte ». Plus t'es cradingue, plus t'es « in ». La chose offre l'avantage de faire passer les roycos inaperçus dans une société qui se torche de moins en moins le cul et ne se cure plus les ongles. On s'y fait. Je connais des jeunes cadres brillants, tirés à mille épingles, qui, le soir, se mettent en pull pour aller à la Comédie-Française, manière de ne pas se faire remarquer. Y a plus que chez *Lasserre* qu'on exige encore une tenue dite décente, et où l'on te fournit accessoirement au vestiaire, une cravetouze, voire un veston pas toujours à tes mesures. L'univers tourne clodo. Peu à peu, on revêt l'uniforme de traîne-lattes et bientôt, très bientôt, on se remettra à chier derrière les paravents et à se gratter les poux avec des tisonniers. Ensuite, ce sera le pagne ; et puis p't'être que tout recommencera, mais tu ne peux pas remonter à la surface de l'eau sans avoir donné un coup de pied dans le fond.

Ma seule unique crainte est qu'on se noie avant. Tant pis. Pour t'en arriver que, dans la nouvelle couche d'officiers de police fraîche émoulue, celui qui tient le pompon, c'est Lurette. Un flic comme sa pomme, franchement, ça mérite l'excursion. Jean Lurette est un faux maigriot, avec une taille de guêpe, mais des épaules larges commak. Il est petit, sa tignasse hirsute lui fait comme un casque de dragon. Ses tennis sont tellement noires et ravagées qu'on ne dirait plus des tennis mais deux grosses patates creusées. Son jean compte autant de taches que de trous, la plus superbe se situant dans la périphérie de la braguette, à croire qu'il se pisse parmi, comme on dit en Suisse, par flemme d'ouvrir sa cage à serin et de dégainer Popaul. Eté comme hiver, il porte une espèce de chandail à col roulé, noir, où s'agglutinent cheveux et pellicules. Son blouson de plastique bleu a éclaté de partout, kif un vieil oignon oublié au grenier. Les poches surbourrées paraissent toutes contenir un ballon de rugby, ce qui lui compose une bien époustouflante silhouette. Lurette ne se rase pas et réussit pourtant à ne pas avoir une vraie barbe. Sa seule hygiène consiste à mâcher sempiternellement du chewing-gum en produisant un bruit de bottes de caoutchouc dans un marécage. Il a un air maussade du gars d'extrême gauche venu apporter la contradiction chez les Jeunesses giscardiennes. Il parle peu, d'un ton grinçant. Son regard a quelque chose de charognard qui donne à penser qu'il est sans cesse occupé à tresser des embrouilles à ton intention.

Et pourtant, c'est lui que je fais mander en arrivant à la Grande Volière. Il entre sans frapper, referme ma porte d'un preste coup de talon de footballeur en plein dribble.

Bon, il a passé ses pouces dans les poches rebondies de son blouson, laissant pendre le reste des mains. Il se tient sur une seule canne, son autre pied plaqué contre le mollet, espèce d'échassier grincheux.

Il attend en dévorant sans conclure sa foutue saloperie de gum. « Vous qui mâchez toujours et jamais n'avalez », aurait écrit Victor.

Je l'enveloppe d'une œillée critique. Une vraie poubelle, ce gugus. Pourtant, il a un don. Et alors, tu vois, le mec qui possède un don a toujours priorité dans mon estime sur celui qui n'en a aucun.

— Dis voir, Jeannot, murmuré-je, t'as pas peur de te décrocher la mâchoire, à ruminer comme un fou ton bout de pneu ?

Il mastique de plus belle. Traduit du chewing-gum, ça signifie « Va te faire voir, grand son, je t'emmerde ». Je prends acte.

— D'accord, je soupire. Assieds-toi, fils, ça risque de durer.

Il hésite, mais vaincu par mon regard plus que pénétrant, il finit par se déposer sur un bord de chaise après avoir tiré le siège avec le pied, sans reprendre l'usage de ses mains qui ressemblent à des nageoires, ainsi collées à son bide.

— Jeannot, fais-je, tu vas essayer de m'éblouir.

Une seconde, il interrompt sa mastication.

— Tu es le plus grand fouille-merde de cette taule, lui dis-je.

Il lâche, comme s'il voulait glavioter sa gum :

— Qui vous a dit ça ?

— D'autres fouille-merde qui ne te viennent pas à la cheville, mon petit gars. Il paraît que tu passes tes loisirs à draguer tous azimuts. Si le *Guide Bleu* consacre un bouquin aux endroits frelatés de Paname, il n'est pas envisageable qu'il le fasse sans toi. Je me goure ?

Lurette hoche la tête.

— J'explore, résume-t-il.

— Ben oui, mon pote : t'explores ! Et c'est en explorant qu'on devient forgeron dans la Rousse. Le jour où tu mettras une chemise et où tu te raseras, les portes d'une carrière fumante s'ouvriront devant toi. Vois-tu, Jeannot, il y a deux sortes de mecs qui arrivent dans notre métier : ceux qui foncent bille en tête pour découvrir la vérité, comme moi ; ou bien ceux qui savent la vérité à l'avance, comme toi. Nous sommes, du point de vue style, absolument opposés, mais du point de vue rendement, absolument complémentaires. Je t'emmerde avec mes tartines ?

Il secoue négativement la tête (car tu peux la secouer affirmativement sans que ça te coûte plus cher). Sa physionomie crispée se relâche. Il est intrigué par mon comportement. Jusque-là, nous n'avons eu que des relations très épisodiques.

Mon tubophone grelotte. Je décroche et dis :

— Je ne suis pas là, foutez-moi la paix !

Je laisse le combiné sur mon buvard après avoir sectionné la communication.

— Et si c'était le Rougeot d'en haut ? objecte Lurette avec un sourire aigre-doux.

— Je l'encule, fils !

Il sourcille. Un poil de désemparade lui vient.

Alors l'Antonio poursuit sa marche forcée.

— Je suis à un tournant de ma vie, Jeannot, tu t'en branles, mais je te le dis quand même. Marrant, soudain, que je te prenne pour confident, avec tes allures vermine, non ? Dis, sois gentil, retire cette dégueulasserie de ta bouche, j'ai pas envie de me raconter à une vache.

Il va cueillir sa mâchouillerie quelque part entre ses gencives et s'en débarrasse en la collant sous le rebord de mon burlingue. Ouf !

— Merci, fais-je, j'en pouvais plus, je suis allergique.

Après, comme par enchantement, tout me devient fastoche. Les mots me débarquent du cerveau comme des *marines* d'un barlu à fond plat.

Je me mets à lui expliquer comme quoi l'existence que je mène me pompe un peu l'air. On titube dans l'incertitude. La chefferie fout son camp au triple et même quadruple galop ! Tout le monde se branle de tout le monde. Je nous fais l'effet de naufragés cramponnés à une épave qui se disloque au gré du flot charognard. On bosse par habitude, mais y a plus de veilleur de nuit. Je lui raconte Achille, la manière péremptoire et impec qu'il drivait tout son monde. Ses intransigeances, ses chères grandiloquences, au Vieux, France *über alles* ! Avec lui, on se sentait soutenu, et même quand il annonçait qu'il vous lâchait, il restait dans le coup, le Tondu ! Un bourreau plein de rigueur et de fantaisie malgré tout. A présent, ça incohère à la Grande Volière. Alors j'en ai plein les baguettes, tu piges, Jeannot ? Ma dernière chance c'est de créer un Etat dans l'Etat. De forger une équipe à part qui aurait ses règles à elle, ses méthodes personnelles et qui se torcherait le cul avec le beau papier à faire des rapports. De deux choses l'une : les gaziers d'en haut-lieu se soumettent, ou bien ils crient à l'abus de pouvoir, me jugent frondeur dangereux et je m'expulse. De ce pas, je vais demander audience au président de la République ; lui voler un quart d'heure de sa mission sacrée pour lui causer de la mienne. Je veux être Jehanne d'Arc dans cette taule de chiasse, tu comprends-t-il cela, Lurette ?

Il m'écoute, silencieux, les mâchoires contractées depuis qu'il a glavioté son hévéa. J'ai l'air de l'intéresser.

— Toi, tu démarres, lui dis-je, de ce fait, tu as tendance à considérer comme acquise cette patouille dans laquelle on trempe. Je comprendrais que tu ménages l'avenir en t'écrasant. Mais tu sais, petit gars, c'est un cliché de croire que nos ombres nous suivent. Quand on a le soleil dans le dos, elles nous précèdent.

Et puis j'en balance encore, au fil de la rogne et de l'idéal bafoué. Ma fumée sort de ma cocotte minute par la soupape de sécurité.

— Tu serais d'ac' pour faire partie de mon corps franc au cas où je pourrais le goupiller à ma guise ?

— Y aurait qui d'autre ? demande Lurette.

— Pas grand trèpe, juste une poignée de zigs triés sur le volet, avec chacun sa spécialité. Tu es le premier à qui j'expose mon projet.

Le cradingue tire en loucedé de sa poche ventrale une tablette de chewing-gum qu'il déshabille d'un coup de pouce expert. Il la plie en deux et d'une chiquenaude se l'expédie dans le clapoir. Tu croirais que c'est de l'oxygène qu'il s'instille, l'artiste ! Tout son mécanisme se remet en mouvement, comme les bielles d'une locomotive à vapeur.

— Moi, ça me dit, commissaire, déclare ce faux loubard. Et ce serait quoi, mes attributions dans votre fine équipe ?

— La vérole, réponds-je. La vérole, Jeannot, car il ne faut jamais contrarier les vocations.

CHAPITRE VI

POUVOIR A DISCRÉTION

Et alors tout se précipite.

Y a des jours où l'existence a un train à prendre : elle met la gomme. Si je te disais que le président me reçoit une heure après ma converse avec Lurette. Un coup de bol phénoménal : je tombe juste sur mon pote Hanin qui est en train de lui raconter l'histoire du lion pendant qu'il prend son bain de pieds à la moutarde. Le secrétaire particulier est allé aux chiches et c'est Roger qui me répond. Y a bien des hasards, non ? Et même des circonstances. Le destin fabule vachement parfois, comme s'il voulait nous battre sur notre propre terrain, nous autres, les imaginatifs.

J'explique à Roger qu'une couillerie monumentale vient de se produire. A la moindre fausse manœuvre une partie de la population risque de démerder. Je réclame dix minutes d'entretien avec l'empereur des Françaises-Français. Il traduit ma requête et m'annonce que je dois rabattre dare-dare sur l'Elysée.

Ne me le fais pas répéter !

Fonce !

Me pointe !

Suis attendu, introduit.

Pouf ! Je me prosterne. L'empereur, magnanime, fait relever son Duguesclin de service.

Il est pensif, l'œil errant sur le mite de la ligne bleue des Vosges (Cazé), le veston croisé bas, avec encore un reliquat de sourire à cause de la blague de Roger qui est la suivante : un ancien militaire de la « Coloniale » raconte ses souvenirs à un auditoire de douairières. Il explique qu'un jour, dans la savane, il s'est trouvé nez à nez avec un formidable lion. Le fauve marche sur lui, les crocs sortis. Le militaire épaule sa Winchester et tire. L'arme s'enraye, le lion continue d'avancer. L'officier dégaine alors son pistolet. Clic ! Las, le pistolet est vide. Le lion pousse un formidable rugissement que le conteur imite (et c'est dans ce cri qu'Hanin, avec son coffre de déménageur, fait sursauter l'auditoire). Le rugissement poussé, le narrateur se tait. On le presse « Et alors, et alors ? » insiste la marquise. L'officier balbutie : « Alors, j'ai chié dans mon pantalon. » Moment de gêne. On toussote. Charitable, la marquise murmure : « Naturellement, compte tenu de cet horrible danger, il est bien humain que vous ayez eu ce… heu… fâcheux relâchement. » Mais, penaud, le vieux héros avoue : « Non, c'est maintenant en faisant "Vraahou" que j'ai chié dans mon froc. » Raconté par Roger, je te mets au défi de résister. Même le président Louis Mermaz, malgré sa mine sévère, a éclaté de rire, il me l'a avoué un jour qu'on prenait une petite coupe ensemble dans notre Bas Dauphiné. Roger, c'est le lion, c'est UN lion. Sa gueulée, je me la rappellerai toujours, dans une brasserie de Bruxelles qu'on s'était rencontrés un soir où la gueuse lambic chantait dans les chopes (chope, c'est du belge !). Et puis, le mois d'après, à Rome, via

Venetto, où le hasard nous avait à nouveau réunis. De loin, je lui crie : « Raconte-moi le lion. » Et il s'est mis à la commencer tout seul, dans la rue. Les Romaines-Romains le regardaient en se fendant le pébroque. Et quand il a rugi, la foule s'est écartée de lui.

On était un peu revenus aux jeux du cirque dans le Colisée. On est avides de moments, nous autres, les tristes ; on a besoin de rigoler pour se faire croire. L'histoire du lion, je te l'ai déjà racontée, mais je te la raconterai un autre jour encore parce qu'elle vient tout de suite après « poil au nez » dans l'ordre du franc rire, comme disent mes potes gaulois. Juste une pincée de secondes à imaginer un vieux colon plein de merde dans le salon de la marquise, et voilà qu'on oublie la mort un bref instant. Comme quoi on est peu de chose, non ?

Et alors donc, le cher roi de France a les lèvres qui courent encore sur leur erre de ce rire d'il y a peu de temps. Il me délie du silence d'un geste de la main, si noble qu'on se demande pourquoi il te va coltiner des roses au lieu de fleurs de lys au Panthéon quand ça lui prend d'être président.

Je cause. Lui narre ma mission délicate pour retrouver la valise piquée aux Ricains par une fieffée équipe kadhafienne ou assimilée. Et mon astuce hautement diabolique pour la récupérer en loucedé, mine de rien, pas vu, pas pris : à la faveur d'un incendie bidon. L'embarras des « zautorités » ensuite, ne sachant où la placarder en attendant que les gonziers de la C.I.A. envoient quelqu'un pour récupérer cet extrait de mort.

Le président soupire :

— Que contient-elle ?

Il cligne de l'œil, because un rayon de soleil vient de forcer la pluie et pénètre par la fenêtre, inondant son auguste visage d'auguste président.

Roger s'aperçoit de cette audace solaire et va faire pirouetter le fauteuil du chef de l'Etat de quelques degrés plantigrades afin qu'il n'ait plus à cligner.

J'explique au président qu'il s'agit d'échantillons de virus à propagation ultra-rapide entraînant le sommeil de qui en est atteint, puis la mort à brève déchéance, comme dit Béru. Selon les estimations qui nous ont été confidentiellement communiquées, un seul bocal ouvert causerait le décès de plusieurs milliers de personnes avant qu'on puisse enrayer le mal. Et encore, pour cela faudrait-il pouvoir immuniser toute la population. Or l'antidote n'est encore qu'à l'état expérimental, c'est ce qui explique que les Amères-Loques aient fait appel à nous pour gagner du temps, quand ils ont su que l'équipe s'étant emparée des pots de confiture se trouvait en France.

Le président m'écoute sans avoir l'air d'y toucher. A un moment, comme j'ai cessé de parler, il fredonne d'une voix de velours qu'il me semble reconnaître : « Il est entré dans sa maison, Napoléon, Napoléon… »

Roger lui fait « Tssst, tsst », le rappeler à l'ordre ; que déjà des bruits courent à perdre haleine, comme quoi… Tu sais bien ? Il ne serait pas lui, mais Tino. Cela dit, je connaissais Tino, il avait un grain de beauté, là, tu vois ? Et puis un autre ici… Mais la chirurgie esthétique est vicieuse après tout. Et on vit dans des temps si bizarres. Si on racontait toute la vérité au peuple, y aurait des crises cardiaques en excédent, espère !

Un moment à blanc passe. Et puis l'Illustre demande

du bout de ses chères dents comme deux râteaux de croupier juxtaposés qu'il n'écarte pas pour causer :

— Il vous faut donc retrouver cette valise, n'est-ce pas, si j'ai bien compris ?

Et il ajoute, pour lui, très bas, dans un souffle mélodieux « Marinella, ah ! reste encore dans mes bras ; avec toi je veux jusqu'au jour, chanter cette rumba d'amour. »

— En effet, monsieur le président, telle est ma mission. Seulement, pour réussir des opérations de ce genre, il convient de disposer de pouvoirs étendus. Je voudrais créer une brigade marginale, à effectifs réduits, n'ayant de comptes à rendre qu'à vous-même. Elle comprendrait une poignée d'hommes déterminés, agissant dans l'ombre. Une fois déjà, sous l'odieux et très infect ancien régime, j'avais fait une tentative en fondant avec l'accord du ministre une agence de police privée, mais comme nous demeurions sous le contrôle hiérarchique habituel, elle a fini par être supprimée alors qu'elle se montrait d'une grande efficacité. J'entends récidiver, mais sous une autre forme.

Le secrétaire particulier du président vient lui annoncer qu'il est l'heure de recevoir une délégation des Corps Constipés.

Le président remue un millimètre de paupière pour signifier que « Je sais, je sais, on y va, Ernest ».

Il regarde Roger.

Roger me frappe sur l'épaule.

Alors le président prend d'un geste délibéré une feuille de son papier à en-tête de la *Maison France et Fils*, *Import*, *Export*, *Inflations*, *Dévaluations*, *Fournitures militaires*, *Corps expéditionnaires sur commande*. Il la pose sur son sous-main en cuir de Cordoba ; puis saisit un stylographe d'un modèle déjà ancien : corps galalithe, remplissage automatique, plume or dix-huit carats. Tout en gardant le buste très droit et en susurrant « O Corse, île d'amour, pays où j'ai vu le jour… », il trace des lignes avec le même enjouement qu'il met à parapher le livre d'or de l'Arc de Triomphe après avoir gerbé la dalle sacrée, le 11 Novembre.

Je compte lesdites lignes. Elles s'accumulent rapidement, amples, belles, élégantes. « Cinq, six, sept, huit… Là, un temps de réflexion. Et ça repart : neuf, dix, onze, douze, treize, quatorze. Puis, plaof ! la signature. Il la commence, s'interrompt pour se tourner vers le secrétaire :

— Il faut bien deux « r », n'est-ce pas ?

— Parfaitement, ainsi que deux « t », monsieur le président.

Le grand homme achève de signer, se relit brièvement, dépose en vol une virgule à travers son texte, me tend le tout.

Je lis.

Des larmes me ruissellent comme vache qui pisse, si tu savais. En deux paragraphes de cuiller à pot, il vient de pondre ce presque décret faisant de moi et des hommes que mon bon plaisir nommera un « Comité spécial d'étude en vue d'une réorganisation des structures de la Police, placé sous sa seule autorité. » Les deux derniers mots sont soulignés.

Quand j'ai fini de lire, il n'est déjà plus là pour recevoir une pleine bassine de ma gratitude. Feutré, silencieux, il est allé vaquer, le bon cher grand homme.

CHAPITRE VII

LA DERNIÈRE RECRUE

— Absent, téléphone décroché. Seize fois que je vous réclame, commissaire ! crie le Rubicond (comme la lune). Où étiez-vous est-ce ?

Je lui tends le document remis par le président.

— A l'Elysée, dis je.

Et j'ajoute :

— Allez, lisez !

Il prend connaissance et une pâleur de tomate envahit son teint d'aubergine.

— Que signifie ?

— Le Premier des Français ne saurait-il plus s'exprimer, que vous me demandiez d'expliquer ses textes ? riposté-je.

Alors là, il se liquéfie la moellasse.

— Je n'ai pas dit cela, commissaire, simplement je…

— Je vous signale que je viens de prendre plusieurs décisions qui vont modifier un peu vos effectifs : les officiers de police Pinaud, Lurette, Mathias et Lefangeux seront mis en disponibilité sans limitation de temps. D'autre part, Alexandre-Benoît Bérurier va être réintégré dans la police et aussitôt après, placé également en disponibilité.

« Vous avez pris note, Albert ? Faites vite ! Par ailleurs, vous voudrez bien me laisser la complète disposition du local que nous occupions, voici quelques années, sur les Champs-Elysées et dont je sais qu'il sert de baisodrome à quelques hauts fonctionnaires. Nous y porterons nos pénates dès ce soir, alors faites le nécessaire. »

J'ajoute, perfide :

— Le président n'a pas l'air de vous tenir en haute estime depuis que cette valise s'est fait la malle ; à votre place, je fermerais bien le gaz avant de sortir, car il suffirait d'une étincelle…

Je ne suis pourtant pas vache d'habitude, mais j'ai horreur des sanguins apathiques qui se croient pâles et fringants.

*
* *

C'est la première fois de toute ma carrière que j'ai un tel comportement.

Alors qu'il y a urgence, péril imminent, au lieu de me lancer à corps et biens dans l'enquête, je commence par fonder une brigade spéciale. C'est un peu comme si, voyant un type se noyer, j'allais apprendre à nager plutôt que d'appeler « au secours ».

On fait comme on peut. Et, comme disait un fameux pétomane qui décrocha un premier prix au Conservatoire dans la classe des instruments à percussion et répercussion : « Il y a des jours où on a beau se moucher, on ne se sent pas bien. »

Au soir de cette étonnante journée que j'intitule pour mes archives la *journée présidentielle*, sur les choses de dix-huit heures, la brigade sauvage est réunie pour la première fois dans les locaux de l'ancienne Agency, laquelle fouette la maison de passe grand luxe.

Se trouvent donc réunis dans la pièce des conférences que jonchent encore une délicate culotte noire à dentelle salope et le reliquat d'un tube de vaseline : Pinaud, Béru, Mathias (pour les vœux de la veille), Lurette et Lefangeux (pour la nouvelle vague). Qu'il serait bon de placer quelques centimètres d'écriture à propos de Lefangeux, dont tu ignores tout et même le reste… Il est grand, très grand, trop grand, ridiculement grand, avec une tête de nœud gonflée à l'hélium, pleine de boursouflures aux pommettes, sous les châsses, aux mâchoires. Son regard me rappelle celui d'un diplodocus malade que j'avais soigné quand il était petit et qui, une fois grand, continuait de venir me manger les baobabs géants dans la main. Il est déplumé du dessus, mais le reste est d'un brun infernal. Le hobby de Lefangeux, c'est la pêche à la truite, c'est pourquoi il est continuellement loqué en gravure du *Chasseur Français*, de fringues imperméabilisées verdâtres, dont les multiples poches contiennent un savant matériel pour la mouche, la cuiller, et tous autres leurres… (vous avez l'leurre ?) Il pue le poisson, le tapis de sol de voiture décapotable ayant reçu l'orage, l'asticot décomposé aussi, car il pratique bien des formes trucitruitaires. Ce grand ahuri qui évoque une espèce de M. Hulot paumé dans la Grande Taule, outre ses dons de pêcheur, possède, au plan professionnel, deux qualités non négligeables : il est le meilleur et le plus rapide tireur à qui on ait jamais donné une carte de flic, et c'est un homme de filature émérite.

A première vue, tu lui donnerais quarante piges. A

seconde vue, tu te fendrais jusqu'à lui en accorder cinquante ; en réalité il en a vingt-cinq.

Il y a des mecs comme ça, qui sont plus vieux qu'eux. Il est du genre plutôt silencieux, Lefangeux. Quand il prend la parole, c'est pas pour des quetsches. Sa voix est haut perchée, comme celle d'un eunuque. Note que j'ai jamais fréquenté beaucoup d'eunuques, mais je me le suis laissé dire.

Et bon, ces messieurs sont rassemblés en demicercle devant mon fauteuil de chef. Ils ont des mines de conspirateurs. Béru, fou de bonheur, exprime en morse sa joie fracassante : pet-rot rot-rot pet. Pet sur la terre à l'homme de brave volonté qu'il est !

— Eh bien, les gars ! je leur dis-je, nous voilà donc enfin entre nous pour faire la police buissonnière. Ça durera ce que ça durera, mais on risque de ne pas s'ennuyer. Je vous jure que, plus tard, vous les jeunots, quand vous raconterez que vous faisiez partie de mon équipe, personne ne songera à vous couper la parole ni à vous traiter d'anciens combattants. Cela dit, entrons dans le vif du sujet.

Bon, les envolées, faut s'en méfier. Rien ne te retombe plus lourdement sur le pif qu'une jactance à trémolos brusquement interrompue. En plein gargarisme, alors que mon auditoire forme les faisceaux et que je le sens en partance pour les suintances pâmoisantes, un coup de sonnette !

— Merde ! Qui est-ce qui passe ici, si tard, Compagnons de la Marjolaine ?

— J'y vais ? questionne Lurette.

— Non, laisse !

Et, furax, je fonce dans l'entrée.

Sur le paillasson d'apparat où ce qu'il est écrit d'essuyer vos pieds s.v.p., se trouve une dame.

Pas mal, bien fagotée. Un peu percutée par les ans, mais à fond comestible encore, que ça serait dommage de la jeter avant usage. B.C.B.G. : tailleur Chanel, chemisier de soie, bijoux Cartier, coiffure Carita. Dans les tons châtains, si tu vois. Maquillage d'une délicatesse extrême. Enfin bref, tu peux l'emmener dans un trois étoiles sans avoir l'air de sortir ta secrétaire.

— Maâme ? demandé-je.

Elle paraît prise au tu sais quoi ? Devine ! Oui, au dépourvu, gagné !

Son effarement est si vaste, si saharien, même, n'hésité-je point à écrire, qu'elle reste immobile devant moi, les lèvres entrouvertes, le regard comme celui d'une mésange naturalisée (française).

— Mais je… C'est-à-dire… Qui êtes-vous ? finit-elle par demander pour mettre fin à une situation résolument bloquée.

— Qui je suis ? réponds-je. Ma foi, madame, sauf le respect que je vous porte spontanément, je me permets de vous faire observer que ce sont généralement les visités qui posent ce genre de questions aux visiteurs.

A cet instant, une voix (n'est pas coutume) lance depuis le tournant de l'escalier :

— Pardon de vous faire attendre, ma douce Violette, j'ai été pris dans un encombrement de…

La voix se tait car son propriétaire a continué d'escalader les marches et, ce faisant, m'a aperçu. Il est abasourdi.

Et moi donc !

Je te donne en mille !

Le Vieux !

Parfaitement : Achille en personne. Plus fringant que Dominique Jamet (ou que jamais, si t'es de gauche) ; en prince-de-Galles gris foncé, cravate noire tricotée ; chemise gris pâle, tatanes sur mesure, le bitos cocardier…

— Juste ciel ! s'exclame le ratiboisé qui a toujours à dispose une quantité de locutions surannées mais exquises, juste ciel, c'est San-Antonio !

Il se précipite et se met à me secouer la main comme quand tu essaies d'engrener une pompe désarmorcée.

Lorsque nos omoplates commencent à devenir incandescentes, il interrompt sa frénétique manœuvre. Me questionne. Moi ici, et pourquoi donc ? Je lui résume. Il opine.

— Bravo ! Vous vous débrouillez superbement, mon petit !

J'évite de lui demander ce qu'il vient faire céans, croyant avoir compris. Il souscrit aux présentations.

— Commissaire San-Antonio, le meilleur policier de France que j'ai moi-même formé. Madame Violette X…, vous me pardonnerez de celer son patronyme, on est galant ou on ne l'est pas.

Bref, il me raconte qu'il a conservé la clé de ce local et qu'il l'utilise pour « rencontrer » la personne de son cœur. Notre fraîche installation le contrarie. Mais baste, il se reconvertira. Où nous réunissons-nous ? Dans la salle de conférences ? Oui, évidemment. En ce cas, le petit appartement de dépannage est disponible ? Bon, alors il va l'utiliser cet après-midi, n'ayant pas le temps de se rabattre sur des lieux plus hospitaliers.

— Venez, ma tendre Violette. Allons vivre notre idylle.

La dame est réticente. Du moment qu'il y a du monde, elle est pas partante pour la bourrée auvergnate, Violette. Elle se sentira freinée dans ses transports. Le Dabe lui objecte que le « nid d'amour » est insonorisé et qu'ils ont affaire à un gentleman.

Vaguement convaincue, elle se laisse driver et le couple disparaît.

Je retourne donc à mes forbans et leur raconte ce délicat épisode galant. Béru et Pinaud pleurent d'attendrissement en songeant que cher Achille vient copuler à quelques mètres de nous. Sa Majesté voudrait lui serrer la louche. Je le tempère.

L'amour avant tout, laisse-le d'abord s'éponger.

Soit.

Les « nouveaux » trouvent qu'on a un comportement singulier, nous autres, les chevronnés. On baigne dans d'étranges euphories, on dérape sur des tendresses qui leur sont mal intelligibles.

S'agit de reprendre les choses en main.

Je rassemble mon autorité qui se trouve un tantisoit en vrac pour attaquer.

Bon : la valise.

Historique complet. Ils écoutent.

Mais à peine ai-je terminé mon exposé que des cris nous parviennent de l'appartement contigu, lequel est moins bien insonorisé que ne l'a promis Achille à sa conquête. Cette dernière est en train de reluire comme le sacre de Bokassa. Une chose m'a toujours frappé, et je ne t'en ai jamais fait mystère : ce sont les petites bourgeoises qui se montrent les plus bruyantes en amour. Ce besoin d'annoncer au monde entier qu'elles prennent leur peton, ces charmantes, je m'expliquerai jamais ! Elles qui semblent si mesurées, pudiques, réservées dans la vie courante. Au pieu, quand elles passent au sabre, c'est la clameur ! Tarass Poulbot attaquant les hordes adverses ! Des Stukas de la Dernière en piqué sur les populations évacuées ! Cornes de brume ! Haouououou !

Je suis au mitan d'une phrase quand v'là la Violette qui annonce son départ. Elle gueule que ça va y être, que oui, oui, comme ça ! Qu'encore ! Que ah ! sale salaud ! Fourre-moi en plein, vieux dégueulasse ! Que plus vite, bordel de merde ! Des choses pas compatibles avec son Chanel à dix mille pions ! Des choses qui foutent la chair de poule à son sac Hermès en croco.

On se regarde. Lurette et Lefangeux rougissent et leurs pommes d'Adam font la grenouille. Pinaud hoche la tête avec un sourire finaud. Le Gros se pourlèche les badigues.

— On dirait qu'il tient toujours la forme, le Croquant ! souligne Sa Majesté. Comme quoi, une épée, carat ou non, ça reste une épée. Quand il dégaine sa rapière, Misteur, c'est Roland à Ronc'veau.

Violette a franchi le mur du pied, outrepassé les paroxysmes. Calmée mais reconnaissante, elle continue de dorer le blason du Vieux, mais en des termes mieux adaptés à sa condition sociale.

— Vous fûtes éblouissant, mon aimé, elle te lui gazouille. O mon noble amant, vos prouesses me font panteler ! Vous avez le génie de l'amour. Vous êtes le Léonard de Vinci de l'étreinte, fabuleux fripon !

Lurette se racle la gargante, mal à l'aise et demande :

— On est ici pour bosser ou pour assister à des séances de films X, commissaire ?

La porte s'ouvrant à gros flocons, ou à grand fracas, ou à gorge déployée (comme tu choisiras), m'évite de répondre. Achille-au-paf-léger entre, déjà saboulé. Il reste pique-plante dans l'encadrement, cependant qu'en arrière-plan on voit le cul de la dame comblée comme je te vois, mais en plus ressemblant.

— Patron ! exclament Pinuche et Béru d'une seule voix.

C'est beau comme du Debussy dans « Pédéraste et Médisante ». On dirait une mêlée de rugby qui serait un peu méli-mélodramatique. Ça chiale, s'étreint, se claque. Au coup de sifflet de l'arbitre, on procède à la remise en jeu. Le Dabe se fait présenter mes deux recrues. Il tord son nez devant leur mise. Sous son règne, un inspecteur fringué commak, tu pouvais toujours fumer du belge ! Mais l'émotion est là qui l'emporte ; qui prévaut, qui prévôt.

— Alors, goguenarde le Vénérable, en s'adressant à Bérurier, il paraît que vous vous êtes fait sacquer de mon poste, cher collègue ?

— Comme un malprop', monsieur l'directeur. J' viens juste d'être rintégré après m'êt' fait désintégrer. Et vous, puis-je-t-il vous d'mander c'que vous faites-t-il, d'c'temps-là ?

Le Vieux hoche les épaules.

— Moi ? Oh ! moi, mon pauvre Bérurier, je continue de gravir mon calvaire.

— On est tous qu'on l'gravite jusqu'à la lie, mon pauv' cher confrère, soupire le Majestueux. Au plus qu'ça va, au plus qu'on désabuse, les temps sont plus c'qu'il était.

Achille cueille une chaise parce qu'il va parler longtemps. Par la porte demeurée ouverte, on voit sa dame vaquer, en tenue d'Eve. S'apercevant de notre intérêt collectif, il nous la désigne d'un hochement de menton.

— L'épouse d'un pédégé trop occupé, nous dit-il. Plus de la première fraîcheur, mais habile technicienne. Il vaut toujours mieux une salope mûre qu'une jeunesse inexpérimentée ; on sait où l'on va. Ce que je fais, en dehors d'étancher mes glandes ? Peu de chose. Après avoir quitté la direction de la police, j'ai occupé quelques postes honorifiques ; j'ai même fait un boum en m'inscrivant au P.C. ; mais mes amis du Jockey Club l'ont mal pris et j'ai dû démissionner pour m'inscrire chez Le Pen. Il a un avenir, le bougre. La gauche bêche son jardin, il n'aura plus qu'à semer, la saison venue. Mais côté activité, c'est le calme plat. Je vis de mes rentes et des misérables retraites que le président Larose veut bien me dispenser. San-Antonio, vous m'avez dit, avant que je ne besogne la donzelle d'à côté, que vous veniez de créer une équipe marginale ?

— Avec les pleins pouvoirs, oui, patron.

Le Dabe nous défrime un à un.

— Antoine, mon garçon, murmure-t-il, je vous ai tout appris, vous le savez ? Vous fûtes mon poulain, mon disciple, l'orgueil de ma carrière. Alors, pesez bien mes paroles et faites votre examen de conscience avant de me répondre…

Il s'offre une forte goulée d'air.

Puis, d'une voix menue, quasi peureuse :

— Il n'y aurait pas une petite place pour moi dans votre équipe, mon cher petit ?

CHAPITRE VIII

PREMIÈRES CONSTATATIONS

C'est vachement Aldo pour mes scouts ! Ils flipent tous azimuts, les gars. Se prennent pour des terreurs. Comme si, en les incorporant dans ma brigade spéciale, je les avais branchés pour toujours ! Faut dire que j'ai un look terrible à leurs yeux. Sana, c'est le nouveau Napo de la Maison Poulman. Je viens d'accomplir mon dix-huit Brumaire en investissant l'Elysée pour en ressortir armé du document qui fait de moi un Bayard super-extra.

Je balance Lurette sur le sentier de la reniflette, qu'il aille grenouiller dans ses coinceteaux malodorants pour lever une piste à propos des craqueurs de coffiots de la G.D.B. (sigle de Grande Débandade Bancaire).

Le gars Lefangeux, sa pomme, c'est d'aller fouinasser chez les blanchisseurs de camelote chouravée. Le butin provenant d'une ponction de cette ampleur se compose d'un foutu bric-à-brac où les bijoux de famille voisinent avec les actions, les lingots avec les obligations, les titres avec les testaments. Ils doivent pourlécher, les malfrats en examinant leurs trouvailles. Casser les tirelires des autres, c'est le panard tout superbe ! La curiosité se mêle à la cupidité. Y a de la tombola magique dans l'affaire.

Le Vieux se charge d'interviewer les big bosses de la G.D.B. ; nous autres, les quatre mousquetaires qui sommes trois, c'est-à-dire Béru, Pinuche et ma pomme, on va investiguer sur place, constater les vilains méfaits de ces artistes du chalumeau.

On sort du Quai des Orfèvres, mais les vrais orfèvres, ce sont eux ! Boulot de classe. Ils n'ont pas emprunté les égouts mais un conduit d'aération. Souviens-toi qu'il leur fallait des tailles de guêpe pour se laisser couler dans ce boyau rectangulaire de 40 × 50. Ils sont passés par le toit et ont franchi dix étages de la sorte, avant de débouler dans le saint des saints. Outre l'étroitesse du conduit, ils se sont heurtés à deux obstacles d'importance : primo, une ventilation électrique aménagée à l'arrivée du canal. Et c'est là que ça n'a pas dû être de la tarte, mon pote ! Pour dévisser l'appareillage, il a fallu qu'un type se laisse descendre la tête la première et les bras en avant. Tu juges ? Il devait avoir une lampe frontale et un système de phonie pour communiquer avec ses aminches restés sur le toit. Combien de temps un mec est-il capable de demeurer la tronche en bas avant de perdre connaissance ?

Le système de ventilation était boulonné sur un cadre scellé dans les parois du boyau. L'homme a utilisé une chignole électrique pour faire péter les vis. Le type en question devait juste avoir le temps de dégager un boulon ou deux avant de se faire remonter dare-dare, que, sinon le raisin noyait son caberlot. Et la remontée, t'imagines ? Combien de temps durait-elle ? Il est néanmoins arrivé à ses fins, qui étaient de déposer le ventilo et son moteur sans se faire juter par la chiée de volts qui l'actionnaient. Bon, ses potes l'ont rejoint, après avoir descendu un matériel hautement sophistiqué. Et ils se sont mis au boulot, les petits gars. *Labor omnia vincit improbus*, comme disait ma concierge. Ils se sont payé cent treize coffres dans la nuit. Les portes démantelées pendouillent sottement. Rien n'est plus triste au monde, après un enfant sous-nourri, qu'un coffre-fort béant et vide, j'en causais l'autre jour avec mon banquier qui est un homme de cœur.

Béru et la Pine fouinassent comme deux setters irlandoches. Moi, je perplexe en silence, adossé à un coffre épargné. Les « descends-en-bas » (car ils se sont montrés le contraire des classiques « monte-en-l'air ») ont pillé toute une travée, celle qui se situait près de la bouche d'aération, c'est-à-dire près de leur issue. Dans ces cas-là, à moins d'être dûment renseigné et d'avoir des visées sur un coffre précis, il vaut mieux procéder de la sorte plutôt que de se disperser à travers la salle. L'outillage doit rester concentré.

Qu'est-ce qui me chicane ? J'ai beau chercher… Ah ! si, voilà : la valise. Attends, bouge pas, je vais tenter de t'expliquer, si je n'y parviens pas, tu fonces chez mon éditeur avec ton *book* et il te l'échange contre une pipe par la femme de ménage.

Les pilleurs ont opté pour la rangée proche de leur voie d'accès. Le hasard a voulu que le coffre loué par mon dirlo et sa clique figure dans la zone sinistrée. Bon, le hasard est ce qu'il est. La rivière de diamants de ma Tzarine aussi coulait dans le secteur après tout, non ? Bon. Les copains voleurs vidaient les casiers au fur et à mesure. Il devait y avoir deux équipes, probablement une chargée d'ouvrir les lourdes, une autre pour sélectionner le butin. En effet, il est des paperasses sans valeur pour eux, encombrantes de surcroît, qu'ils ont laissées sur place.

Quand ils ont trouvé la valoche, ils l'ont ouverte, *fatalement*. Et ils ont trouvé quoi ? Quatre bocaux comportant des étiquettes où figurait une tête de mort. Ce n'est pas cela qu'ils venaient chercher, sinon ils se seraient abstenus de besogner, des heures durant, sur les autres portes blindées. Pourtant, ils ont emporté la valise, bien que ses dimensions permettent tout juste son passage par le conduit. Pourquoi ?

Je te pose une question, l'artiste, et tu vas m'y répondre. Suppose que tu commettes un fric-frac de grand style. Tu cherches du négociable : de l'or, des devises, des bijoux, à la rigueur des titres au porteur. Tu ramasses en vitesse. T'es pressé. L'heure tourne. Et voilà que tu tombes sur une valise de métal assez lourde. Tu vérifies ce qu'elle contient. Des bocaux ! Quatre bocaux. Ou plutôt quatre fois un bocal, la langue française a plus de lagunes que Venise. On devrait dire, si on réfléchit bien, *des bocaux*, mais *quatre bocal*. Peu importe, ça n'empêchera pas les Russes de se pointer peu après la publication de ce livre (si c'est peu avant, il ne paraîtra pas et je l'aurai écrit pour mes fesses).

Donc, tu es dévaliseur de coffres et tu trouves quatre bocal dans une valise. Tu ne sais pas ce que contiennent ces bocaux. Que fais-tu ? Notons que la tête de mort dont ils sont marqués ne t'incite guère à faire joujou avec eux. Allez, je t'écoute, brin d'homme : il se passe quoi t'est-ce dans ta cervelle meunière ? N'aie pas peur, cause ! Comment ? Oui, oui… C'est pas si con que ça. Tu te dis que si des choses mortelles sont bouclardées dans une salle forte, c'est qu'elles revêtent une grosse importance et que, si elles ont une grosse importance, leur propriétaire sera disposé à en raquer un plein saladier pour les ravoir ? On peut penser ça, oui. J'admets. Seulement comment identifier le proprio en question ? Les visiteurs du soir ignorent l'identité des locataires de C.-F. De quelle manière sauraient-ils le contacter ? En pensant qu'il se fera connaître ? Ils espèrent que les médias parleront de cette perte ?

Un sourire humide comme une culotte de collégienne écoutant Julot Eglise me vient. Faut pas les faire poireauter trop, ces amours.

Pinuche se la radine. Il vient de rallumer son mégot et une traînée de suie oblitère son beau visage de canule ébréchée.

— Malgré que tu sembles pensif, Antoine, je voudrais t'entretenir d'une constatation que je viens de faire et qui ne me paraît pas négligeable, compte tenu de…

— Accouche !

— Il existait un système d'alarme déclenché par cellules photoélectriques. Je viens d'en faire le tracé, regarde.

Il me tend une photographie représentant une aimable communiante moche comme un vilain cul malgré son air de béatifiée de frais.

— Ça, c'est Mme Pinaud, me dit-il. Tourne.

Je.

La Vieillasse a fait un plan fort lisible au dos de son épouse. Il le commente.

— Tu constateras, mon cher ami, qu'il s'agit de rayons entrecroisés. Les voleurs ont travaillé à l'intérieur d'un des losanges non couvert par les rayons.

Donc, ils étaient renseignés et savaient quelle était leur marge d'action. Ces cellules partent du plancher et montent jusqu'au plafond, impossible donc de les franchir sans couper le contact. Or, ledit est situé dans un local spécial, au premier. De plus, viens voir comme ils sont astucieusement logés dans les rainures des plaques de blindage. Ils ont fouillé uniquement ce qui leur était accessible, à savoir cent treize coffres. Quand je dis qu'ils œuvraient dans un losange, en réalité c'est dans une moitié de losange.

— Donc, dans un triangle ? corrigé-je, bien qu'ayant toujours été avantageusement nul en géométrie.

— Oui, puisqu'ils ne disposaient que de la partie où débouche l'aérateur collé contre le mur.

— Bonne découverte, Pinuche. Il va falloir interroger d'assez près les préposés aux coffres.

Il détourne du mien son regard pudique.

— Béru s'en occupe, déclare le cher homme.

CHAPITRE IX

ÇA S'ORIENTE

Ils sont trois à s'occuper du département C.-F. à la G.D.B. Il y a un chef de service, une dame jeune, un peu moustachue malgré des épilations douloureuses qui rougissent son pourtour labial, et un grand employé qui ressemble à une endive (dont je te rappelle la définition : espèce de chicorée blanchie dans l'obscurité). Le chef de service porte beau dans les budgets modestes, c'est-à-dire qu'il essaie d'être d'une suprême élégance avec les moyens que mettent à sa disposition des tailleurs travaillant par correspondance. Il n'a pas de cou, ce qui lui évite de faire amidonner ses cols de chemise, et ses oreilles font penser à deux champignons (comestibles) ou à deux anus en fleur.

Le Gros amène le trio dans la salle des coffres.

Il a les mains aux poches et se racle la gorge. Puis, tout de go, propulse dans le sanctuaire à blé une belon triple zéro, mastarde comme celles que balançait cette pauvre Dame aux Camélias sur la fin de sa galante existence.

— Mââme, messieurs, dit-il. Maint'nant qu'on est su' les lieux, entre nous, on va pouvoir tout s'bonnir sans chichis. L'système d'alerte, vach'ment ingénieur, c'est pas un clille d'passage qui peut l'détectionner.

C'qui m'excite à croire qu'un d'vous trois ont eu la langue trop longue. Vous voudriez bien m'dire l'quel est-ce t-il, d'manière qu'on passe pas huit jours là-dessus. C'soir ma bonne femme fait des moules poulette et j'voudrais pas rater ça pour un empire. D'aut' part, j'vous signale, que moi et mes collègues ici présents, on appartient à un service espécial qui peut tout s'permett', y compris les envois de fêtes[1]. Pour nous aut', les « bavures » ça n'existe pas, je me fais-t-il bien comprend' ? Merci. Main'nant, c't'à vot' bon cœur.

Ainsi apostrophés, les trois personnages en quête de hauteur se défriment.

— Je vous en prie, emphase le chef, vous nous prenez pour qui ?

Le Gros lui allonge une mornifle.

— C'est pas la bonne réponse, mec, t'as perdu ; essaie de faire mieux la prochaine fois !

L'autre veut rameuter la garde. Mal lui en prend : un coup de genou dans sa panoplie trois-pièces lui cloue le bec à cause du principe des vases communicants. Les deux autres, terrorisés, se mettent à glaglater mochement. Inquiet, je prends du champ, me demandant si ma fameuse brigade spéciale ne le serait pas un peu trop sur les bords.

Je monte tubophoner au rez. Je sonne la rédaction de *France-Soir*. Dans les cas difficiles, ils répondent toujours présent, mes potes de la rue Réaumur (nés à Sébastopol). J'obtiens le rédacteur en chef des faits divers. Et alors, bon, très bien, mon histoire lui plaît et

1. Béru veut probablement parler de « voies de fait ».

il promet de faire vite et bien, à la une et sur au moins deux colonnes.

Ensuite de quoi, j'appelle notre local des Champs-Zé. Mathias vient d'y apporter ses pénates. Il écoute mon boniment et promet de confectionner dardarement un panneau au nom des *Laboratoires Pill or Face* et de le placarder sur notre lourde. Qu'ensuite, il ne bronchera plus de notre pécé afin d'y attendre l'appel que j'escompte.

Conscient d'avoir fait progresser le chmilblick, je retourne à la salle des coffres. Un spectacle navrant s'offre à mon regard enjôleur. La jeune femme moustachue est en pleine crise de nerfs. Elle se roule par terre, nous découvrant copieusement ses bas fumés, son porte-jarretelles noir, sa culotte rose à fleurettes parme. Une friponne. Ses collègues en sont ébaubis et regrettent chacun de son côté de n'avoir pas subodoré la chose plus tôt.

— Elle est pas laubé, mais elle possède un bioutifoule dargif, souligne le Gros, auteur de ce « craquage ».

— Que lui arrive-t-il ? m'enquiers-je.

— Les fuites vient d'c'te pécore, Grand. Mam'zelle s'est affalée au bout d'trois quat' beignes, comme quoi elle a été vergée d'première par un julot qui, ensute, y a d'mandé des esplicances su' les systèmes d'alarme d'la banque. J'm'en gaffais. C'est l'pourquoi j'ai commencé par s'couer un peu ces messieurs, prélavablement, ce dont à propos d'quoi ils voudront bien m'escuser. Fallait qu'j'branlasse les nerfes à la môme ; bien l'inconditionner. Qu'à peine je m'eusse t'adressé à elle, elle a flanché, n'est-ce pas, messieurs ?

Les deux autres qui ont, soit un œil poché, soit une lèvre éclatée, hochent leurs tronches tuméfiées.

Oui, oui, ils admettent. Ils comprennent.

— C'est là qu'est l'pernicieux, déclare doctement le Mammouth. Les nanas pas belles, dès qu'un rigolo les passe à l'égoïne, elles n'se sentent plus et lu racontent la bataille d'Mazagran en long et en large. J'attends qu'sa crise soye passée pour lu d'mander des détails su' son Casanova.

*
* *

Il est tard, la cabane est bien close.

On vide une boutanche de scotch terrier en se résumant la situasse. Chacun dépose dans la corbeille de mariage sa provende de l'après-midi. Lurette est sur un bout de piste. Au *Bar des Morues*, dans le dix-huitième, il a accroché un brin de quelque chose. Cela concerne Bout-de-Zan, un ancien jockey qui glande dans le Mitan depuis plusieurs années. Il décolle pas du *Bar des Morues*, où le patron lui consent des ardoises. Récemment, des gens, deux messieurs, cherchaient après lui. L'un d'eux a demandé à M. Auguste, le taulier, si Bout-de-Zan n'avait pas « grossi depuis le temps ». Lurette, brillant fouille-poubelles, a tout de suite sursauté. C'était la minceur de l'ex-jockey qui paraissait donc intéresser les deux hommes. Ma nouvelle recrue ramène un signalement précis des types en question, ainsi que la photo de Bout-de-Zan prise à l'époque où il massacrait ses bourrins à coups de cravache sur la pelouse de Longchamp ou d'Auteuil.

— Bravo, Lulure, c'est du beau travail, le complimenté-je.

Il s'arrête pendant trois secondes de mâcher son chouing, rougit un peu sous sa tignasse hirsute et réprime un sourire.

Lefangeux, moins heureux, n'apporte rien de neuf, sinon les promesses de plusieurs gredins, receleurs plus ou moins notoires, de le prévenir au cas où on leur proposerait de la marchandise foireuse. Mathias déclare n'avoir reçu aucun appel téléphonique. Le Vieux part en palabres pour dire combien le fondé de pouvoir de la G.D.B. est contrit de ce qui s'est passé, ce qui nous fait une belle jambe.

Je ramasse le jeu afin de redistribuer les brèmes.

— Nous disposons de quatre signalements, mes chers amis : celui de Bout-de-Zan, ceux des deux hommes qui le cherchaient, celui du garçon qui a culbuté la préposée aux coffres. En outre, la dernière édition de *France-Soir* mentionnait qu'une valise appartenant aux Laboratoires Pill or Face et contenant des matières terriblement nocives figure sur la liste des objets volés. Dans l'article, il est dit que les laboratoires sont disposés à traiter avec les perceurs de coffres pour leur racheter la valtoche. C'est une ligne de fond qui peut nous valoir du poisson, vous vous en doutez. Je pense qu'on devrait se lancer aux trousses des quatre hommes dont nous possédons le signalement. Chacun fonce à sa guise dans la direction qui lui plaît. Mathias reste à la maison pour attendre un éventuel appel. En attendant, Rouillé, tire-nous six exemplaires des descriptions. Je propose que Lurette soit affecté spécialement à Bout-de-Zan, puisqu'il est introduit au *Bar des Morues*. Le jockey va probablement renouer avec ses habitudes. Toutes les deux plombes environ nous téléphonerons ici de manière à pouvoir concentrer nos forces en cas de besoin si quelque chose se produisait. O.K. ?

Le Vieux prend sa mine de supérieur avisé.

— Vous me permettez une objection, mon cher ? demande-t-il d'un ton un poil sardonique.

— Non, Achille, lui répond son cher. Tout ce que je vous permets, c'est d'aller vous coucher si vous avez sommeil. Ici, l'autorité, c'est moi !

CHAPITRE X

LES VERTIGES DE LA NUIT

Dix plombes viennent de gaufrer au carillon Westminster de Mme Musardier, retraitée de l'enseignement public (on enseigne jusqu'à ce qu'on en saigne), laquelle habite sur le même palier que Mlle Francine Chocote, employée de banque, lorsque j'ajoute un onzième coup, soit dix pour cent, en sonnant à la porte d'icelle.

Francine Chocote est la donzelle pileuse et imprudente, aux dessous troublants, qui a eu la langue trop longue avec un farceur fort en bite.

Elle est en kimono de soie noire avec des fleurs de lotus rouges et jaunes, les pieds nus, le cheveu dénoué à la Pasionaria, l'œil en feu ; elle esquisse un mouvement de recul en me découvrant, cithare, sur son paillasson en poils de Noah de coco.

— Encore ! balbutie-t-elle ; exclamation qui implique un sentiment de reproche, et en tout état de cause, de déplorance.

— Je vous prie de m'excuser, fais-je à ton de velours, ce n'est pas pour ce que vous craignez. Puis-je entrer ?

Elle s'efface au moyen d'une grosse gomme et je pénètre dans son logis dont la coquette banalité flanquerait le vertige à Roger Peyrefitte pour qui le superflu a toujours été une nécessité, le chéri, et c'est cela, l'art de vivre.

— Etes-vous seule ? m'enquiers-je.

— Pour le moment, oui, répond-elle en pagayant de la menteuse, tant tellement est grand son trouble. Mon ami est en déplacement au Sénégal.

— Comme il a raison, soupiré-je.

Bon, elle relourde, s'adosse à son huis et attend de mes dernières nouvelles.

— Ma visite est bien tardive, je sais. J'ai hésité longtemps avant de monter, mademoiselle Chocote, mais je n'ai pu résister davantage.

Là, une lueur qui ressemblerait à de l'intelligence si cette personne n'était pas conne à bouffer des coquilles d'œufs, s'accroche à son iris. Elle perçoit mon trouble : à ma voix, à ma mine apeurée et, du coup, la voilà qui reprend du poil de l'abbé.

— Pourquoi, vous hésitiez ?

— Parce que, en venant ici, je… je manque à mon devoir. Vous êtes impliquée dans une affaire criminelle sur laquelle j'enquête et si l'on savait que je vous rends visite clandestinement…

Je crois noter, dès lors, que sa poitrine se soulève de quelques degrés.

— Mais, fait la pauvrette, y a pas de mal…

— Il y en aurait si j'accomplissais ici tout ce que me dictent mes élans du cœur et du corps, Francine.

Alors là, mon pote, là c'est parti et bien parti ! Pour stopper la fusée Ariane, faudrait lui filer de sacrées peaux de banane dans les réacteurs !

— Du cœur ! reprend-elle, le mot ayant eu sur elle l'effet magique qu'il implique chez toutes celles qui lisent les livres de la collection Bouffon (et elle en a un plein tonneau sur sa fausse cheminée de faux marbre).

— Je préfère vous le dire ; lorsque je vous ai vue, tantôt, en proie à une crise de nerfs, la jupe retroussée et qu'il m'a été donné de constater que vous portiez des vrais bas de vraie femme, avec un vrai porte-jarretelles d'amoureuse, alors j'ai craqué, Francine. Un feu ardent s'est mis à couler dans mes veines ; les battements de mon cœur se sont accélérés et une incoercible envie de vous prendre dans mes bras s'est emparée de moi. J'ai rêvé de vous serrer, palpitante, sur ma poitrine telle une colombe effarouchée, envie de respirer votre délicat parfum de femme, envie de frotter ma joue à vos cheveux vaporeux, chère âme. Depuis cet instant, je suis en transe. Tenez, touchez ma main, voyez comme elle est brûlante. Et ce n'est rien comparé à un endroit plus secret de mon être qui lance un défi à Von Karajan. Ah ! votre logement élégant est un sanctuaire où je voudrais finir mes jours en vous couvrant de baisers, comme le fait le vicomte de Ramollo-Chibrac à Henriette-Clotilde dans *Fleur de Destin* que j'aperçois sur ce canapé. Enfouir mon visage incendié par l'amour entre vos sublimes cuisses pour le rafraîchir à la source des incommensurables délices, c'est le souhait le plus fou qu'un humain puisse faire. O Francine ! Ne laissez pas un homme se morfondre ainsi. Ce serait par trop cruel ! Je vous tends ma coupe, malheureux assoiffé d'amour, de grâce, emplissez-la du divin nectar de la passion.

Enlevez, c'est pesé !

Mais attends que je te fasse marrer.

C'est vrai qu'elle est plutôt locdue, la môme.

Et pourtant, c'est vrai qu'elle me fait goder comme

un sauvage. Y a des relents de vérité dans mon déballage. Par exemple, l'en ce qui concerne ses bas et son porte-jarretelles. Mon vice ! Tu le sais depuis lurette. Je ne peux pas résister.

Mam'selle, faut moins que ça pour faire exploser son compteur bleu.

— Oh ! mais c'est pas Dieu possible ! dit-elle en écartant simultanément ses lèvres et les pans du kimono. Je rêve ! Un homme aussi beau que vous, la nuit, avec toute cette passion !

Des deux mains judicieusement appliquées sur mes loques, je souligne un triomphal épanouissement de mon entresol.

Le carillon de Mme Musardier glingue le quart de dix heures.

Francine Chocote se prend pour Marilyn, mâtinée Rita avant qu'elle se poivre à bloc…

Et là, là, tu m'entends, je vérifie qu'une grognace, même conne à t'en lézarder la vésicule biliaire, conserve des notions fondamentales de psychologie. Tu sais quoi ?

— Assoyez-vous, me dit-elle, je vais aller remettre mes bas !

C'est beau, non ? C'est généreux !

Ça et du Boursin aillé-fines-herbes, que voudrais-tu de mieux ?

*
* *

Ensuite elle me prépare un café serré.

Le prépare en bas et porte-jarretelles, son postérieur

à l'air, de même que ses seins point trop tombants malgré la tornade blanche qui vient de les déferler[1].

Elle parle pour soi seule, Francinette.

Elle dit :

— Ben vrai, si je m'attendais... Si j'aurais pu croire...

Une jolie complainte, vois-tu. Toutes les génisses ruminent. Elle se raconte comme c'était bon, qu'au grand jamais on lui a grignoté la tartine pareillement. Ni pistonné la babasse avec une telle application. Elle en a des frissons, des vertiges. Quand elle marche, c'est comme si elle avait encore ses jambes autour de mon cou. Elle n'est pas encore refermée, Francine. Son corps continue de bâiller. Sa corneille à moustache aussi. Elle voudrait rester contre moi jusqu'à l'extinction des siècles. Elle m'oubliera plus. Ceux qui vont venir, faudra drôlement qu'ils soyent équipés et inventifs pour qu'elle les tolère.

Bon, elle apporte deux caouas odorants, noirs comme sa chatte. Se blottit contre moi.

Dans un cadre en coquillage, une Andalouse peinte-pour-de-vrai, avec un grand peigne dans les crins et l'œil de Carmen en pleine crise de jalousie, contemple ce couple nu avec convoitise. Sur la desserte, un chat de porcelaine fait le gros dos.

La vie est belle. Après l'amour, l'animal san-antonien est gai, toujours. Il prodigue son foutre avec bonheur, étant d'un tempérament généreux. Il sait qu'il va s'en faire d'autre, alors tiens, ma poule : fume !

1. Laisse-moi écrire comme je l'entends, ça ne regarde personne !

San-A.

— T'es beau, tu sais, croule ma petite bécasse (car la bécasse croule, je n'y peux rien, sinon te la faire carrément roucouler, qu'est-ce qu'on en a à branler ?).

Je lui bisouille un sein, en remerciement.

Elle repâme séance tenante.

Maintenant, ça suffit les monstres tringlées. On va changer de discipline, se risquer dans d'autres exploits.

— J'espère que ça se passera bien pour toi, jeté-je négligemment, en ponctuant d'un soupir long comme l'arrêt d'un Boeing 747.

Elle s'arrache à mon attraction terrestre.

— Qu'est-ce que tu veux dire ? demande-t-elle.

— Je veux dire que ça m'ennuierait que tu sois inculpée de complicité dans l'affaire des coffres.

Alors là, elle a un brusque affaissement de la voûte plantaire.

— Mais ce n'est pas possible : je n'ai rien fait !

— Tu as décrit le fonctionnement du système d'alarme…

— Mais, pas vraiment…

Bon, pas besoin d'un tire-bouchon à pédales ou de forceps à ressort pour l'accoucher, Francinette. Dans son éplorance elle raconte tout bien, la façon dont elle a fait connaissance avec ce type qui se faisait appeler Rosa-Larose. Un grand brun aux tifs luisants et au regard de loup affamé, sapé mylord, avec ribouis en autruche frileuse. Il est venu louer un coffiot, un jour. Il tenait un attaché-case de P.-D.G. à la main. Ses fafs étaient au blaze de Lucien Rosa-Larose. Un garçon d'une trente-cinquaine damnée, qui ne riait pas. Il est revenu à plusieurs reprises dans les jours qui ont suivi. Un après-midi que Francine l'escortait avec la seconde clé (celle de la banque) jusqu'à sa case trésor, il s'est mis à la fixer comme l'aurait fait un hypnotiseur. Puis il a saisi son menton dans sa main et lui a roulé une galoche sauvage. Un vrai caméléon, Lulu. Te lui mignardait la luette (gentille luette du bout de la langue) : un exploit dans le genre. Qu'elle a retapissé directo les possibilités découlant d'un tel mouille-timbres, la gosse, portée comme elle est sur le chibraque. Il lui a posé le ranque. Banco ! Ça été la jaffe bien superbe à la *Maisonnette Russe*, rue d'Armaillé, là que fréquente mon illustre chosefrère Guy des Cars. Caviar, blinis, champagne, côtelettes pojarsky, timbale Catherine la Grande. Les Mille et Une Nuits pour la mignonne. Musicos moulinant *Les yeux noirs*, *Le temps du muguet* à leur table ; qu'elle en mouillait plein sa culotte, Francine. Une féerie dans ce divin endroit où chaque client est traité comme un tzar (avant la révolution d'Octobre). Ensuite il l'a ramenée chez elle, et l'a vergée galamment. Pas le coup de queue apocalyptique, elle me rassure par politesse ; tout à fait rien de commun avec nos exploits d'il y a peu. Mais la bonne troussée sans ambages, délicatement menée. C'est tandis que mam'zelle s'essorait le fion qu'il a placé sa vraie botte : sa botte secrète. L'air de ne pas y toucher. Francine accomplissait un petit trot angliche sur son bidet, lui se fourbissait Nestor au lavabo. C'était l'heure où les lions vont boire, où les gens mariés pètent au lit en se tournant le dos et où les amants s'apprêtent à se prendre congé.

Il s'est mis à la chambrer sur son boulot. Il a dit comme quoi les coffres de la banque lui paraissaient mal protégés car il n'avait décelé aucun système d'alarme.

Alors la môme, tout en continuant de blutionner mister Frifri et ses belles moustaches, s'est fichue de lui. Qu'est-ce y l'imaginait, Lucien ? Super-sophistiqué, au contraire, le dispositif. Incorporé dans des rainures larges d'à peine un millimètre. Tu passes devant, et vraoum ! ça zinzibule tous azimuts. Tu peux pas parcourir plus de trois mètres sans rameuter les troupes poulardières, et ce dans n'importe quel sens. Voilà ce qu'elle lui a lâché. Imprudente ? Sans doute. Mais elle avait pas prêté serment sur la Bible de ne rien moufter à ce sujet, merde ! On flanque pas les honnêtes filles au trou à cause d'une réplique destinée à exalter le prestige de la banque. Si ? Qu'on la tracasse et elle se plaindra à la C.G.T., promis. D'abord elle va s'inscrire au chômedu, bien fait ! Et qu'est-ce y casquera ? Le contribuable une fois de plus !

Je bouffe ses protestations à pleines dents. Un mignon concerto pour la main droite, interprète en soliste sur sa chaglatte, et le beau fixe lui revient. Chez les natures sensuelles, c'est kif avec les Légo ; tu défais et tu remontes, c'est interchangeable.

Je lui demande si elle a revu son tombeur depuis leur tournée des archiducs.

Oui : une fois. Il est revenu à la banque le surlendemain pour visiter son coffre, et il y est resté très longtemps. Quand il a sonné Francine pour la fermeture conjointe du C.-F., elle lui a taillé une petite pipe expresse entre les coffres. Lucien a annoncé qu'il partait une huitaine aux Zuhessa pour affaires. Il a promis une monstre partie de régalade à son retour. Il allait te lui barguigner le flamant rose jusqu'à ce qu'elle en oublie sa date de naissance, juré !

J'écluse le café.

La gosse redevient pressante des miches. Elle réclame un petit rabe de paf, juste pour dire ; la triquée du départ, par politesse.

Mais bibi obnubile un peu sur le labeur, maintenant que son sensoriel fait de la chaise longue.

— Un instant, ma Suprême, soupiré-je. Je veux que tu te concentres à outrance. Fouille à bloc ta jeune mémoire, revis par la pensée chacune des secondes que tu as consacrées à ce brave garçon et trouve-moi, à travers tes souvenirs, des détails qui permettraient de mieux le situer. Pense à ce qu'il t'a dit, t'a fait, t'a montré, ou à ce que, fine mouche, tu as surpris de lui. Oublie boniments et coups de bite pour passer en revue le personnage. Tu n'as pas partagé des heures d'intimité avec lui sans qu'il ait laissé échapper des mots, des gestes, voire sans te découvrir des papiers ou autres objets particuliers. Il faut que nous le retrouvions, lui et sa bande, dans les heures qui viennent. Ton intérêt l'exige.

Faut lui reconnaître une chose, Francine : la bonne volonté. Et paix sur la Terre aux gens de son espèce ! La voilà qui s'écarte de moi, se love sur ses coussins délicats dont l'un représente un pierrot à larme, et l'autre un coucher de soleil sur un lagon. A petits gestes, elle se caresse la motte et les roberts, sa main gauche ignorant ce que perpètre la droite. Elle réfléchit en grande conscience, yeux fermés. Le carillon Westminster de Mme Musardier y va d'une demie bien tassée. La demie de quelle heure ?

— Je ne sais pas si ça peut t'intéresser, dit vivement Francine, mais je crois que je tiens quelque chose.

— Je suis un esprit curieux, ma gosse. Tout m'intéresse. Aboule et tu auras droit à ta rincelette.

Elle ne se le fait pas répéter, comme tous les bons entendeurs.

Salut !

CHAPITRE XI

ÇA SENT LE BRÛLÉ

Ils arrivèrent par le vol de dix heures.

Ils étaient deux : Boris et un autre qui ressemblait à un joueur de banjo sud-américain, ou bien à Groucho Marx basané…

Ils avaient retenu une auto chez Avis par l'intermédiaire de leur agence de Vienne et les formalités furent brèves. Le préposé demanda une estimation quant au temps de location du véhicule et Boris répondit que c'était pour la journée. Ils n'avaient pas de bagages. A dix heures quarante ils quittaient le parking de Roissy 1 après avoir appelé Kalel d'une cabine publique afin de lui confirmer l'heure du rendez-vous.

Le temps était gris, en ce début de novembre ; une bise mordante bousculait les feuilles mortes. Boris remonta le col de son élégant pardessus en vigogne, si léger. Il laissait piloter Stevena, lequel connaissait mieux Paris et sa banlieue que lui.

La circulation plutôt fluide permettait de rouler à une honnête moyenne. Stevena prit le périphérique Ouest. Il paraissait songeur.

— N'oublie pas de passer prendre le cadeau, lui rappela Boris.

— Evidemment, grommela le conducteur.

Une demi-heure plus tard, il roulait sur l'autoroute de l'Ouest. Une Renault 5, Le Car, stationnait sur la bretelle de Saint-Germain-en-Laye. Ses feux de détresse clignotaient. Stevena emprunta la rampe et alla se placer devant l'auto à l'arrêt.

Un homme descendit alors de celle-ci. Il était ventripotent et portait un manteau de cuir trop serré à la taille, ce qui le faisait ressembler à un « 8 » mal fagoté. Il tenait un sac en plastique à la main et s'approcha des deux hommes.

Stevena baissa sa vitre.

— Salut, fit l'homme, j'attends que le ciel me tombe sur la tête.

— Les rues s'ouvriront avant ! répliqua Stevena.

Le type au manteau de cuir lui tendit alors son sac et regagna son auto après un hochement de tête indifférent. Stevena passa le sac à Boris. Boris l'entrouvrit, regarda à l'intérieur, puis, négligemment, le déposa entre ses pieds. Stevena repartit, franchit la route et prit la rampe descendante pour regagner l'autoroute.

Il roula jusqu'à l'embranchement suivant, attendit à un feu rouge et continua en direction de Versailles. Il allait lentement. La route longeait des pépinières. Au bout d'un kilomètre environ, le conducteur obliqua dans une voie étroite menant à une vaste demeure qui paraissait inhabitée. Il stoppa devant le perron et attendit. Tout était tranquille. Des corbeaux croassaient dans les ramures d'un gros arbre à demi effeuillé. L'ambiance n'était pas folichonne.

— Eh bien, allons-y ! décida Boris.

Sa tête ressemblait au poing d'un charretier irlandais : elle était grossière, rousse, et exprimait la force brutale.

Suivi de son compagnon, il escalada les quatre marches du perron et toqua au volet de bois tiré sur la porte-fenêtre. Aussitôt, celui-ci frémit, puis s'ouvrit à moitié. Kalel les attendait dans une pénombre vénéneuse fleurant le moisi.

Ils se saluèrent de la tête mais ne se donnèrent pas la main. Kalel avait l'air d'un oiseau de nuit meurtri par le jour.

— Venez par ici, dit-il, j'ai ôté les housses de trois fauteuils et apporté un flacon de cognac.

Il poussa une porte à double battant dont les carreaux étaient taillés dans du miroir. Un vaste salon apparut aux visiteurs. Désert et froid. Les sièges revêtus de housses grises avaient l'air de fantômes, à l'exception de trois fauteuils crapauds disposés en triangle autour d'une table basse. La bouteille annoncée par Kalel trônait au centre de cette dernière ; on eût dit le moyeu d'une roue sarrasine.

Ils s'assirent au gré de leur impulsion.

— Je n'ai pas de verres, déplora Kalel en montrant la bouteille.

— Nous n'avons pas envie d'alcool pour le moment, fit Boris. Bon, je vous écoute.

Kalel battit des paupières devant le dur regard d'acier qui le sondait. Il promena sa langue sèche sur ses lèvres plus sèches encore et entreprit le récit de ses mésaventures. Il raconta le faux incendie de l'hôtel, l'intervention des pompiers, son transfert à l'hôpital. Il s'exprimait par phrases brèves et d'une voix un peu morne de vaincu. Boris l'écoutait en balançant une jambe. Stevena mordillait les peaux mortes de ses doigts, s'interrompant pour les crachoter à petits pets idiots.

Lorsque Kalel eut achevé sa narration, Boris soupira :

— C'est tout ?

— Peut-être pas, dit Kalel.

Il sortit une coupure de presse de sa poche et la défroissa sur son genou avant de la présenter à Boris.

— Vous lisez le français ?

— Seize langues, rétorqua l'interpellé.

Il prit connaissance du papier de *France-Soir* relatif à la valise volée.

— Qu'est-ce qui vous donne à croire qu'il s'agit de… « la nôtre » ? demanda-t-il.

— Je me suis renseigné à propos du Laboratoire Pill or Face, murmura Kalel.

— Alors ?

— Il n'existe pas. C'est juste une plaque bidon sur la porte d'un local occupé par une branche parallèle de la police.

Boris acquiesça.

— Les flics auraient logé la valise dans un coffre de banque, et aussitôt après des malfaiteurs auraient pillé la chambre forte ?

— Pourquoi pas ?

— Oui, dit Boris, en effet : pourquoi pas ?

— Je propose de surveiller les faits et gestes des flics, annonça Kalel qui avait l'air de s'animer.

— Pas vous, dit Boris.

— Pourquoi ?

— Vous êtes brûlé.

Le mot fut désagréable à Kalel. Il joignit ses mains, fit craquer ses jointures, Boris se baissa et ouvrit le sac de plastique. Il y prit un pistolet de gros calibre équipé d'un silencieux.

Kalel sentit que ses yeux se cernaient. Une envie de vomir lui noua les tripes. D'un bond, il jaillit de son fauteuil et s'élança vers la porte. Boris tira deux balles au jugé.

La première se perdit dans le lambris du mur, la seconde pénétra dans le dos de Kalel qui parut ne pas s'en apercevoir et poursuivit sa fuite. Boris grogna, redressa le canon du pistolet et lâcha le reste du magasin.

Cette fois Kalel s'effondra. Une balle lui avait traversé le cou et il s'agitait au sol comme un chien écrasé. Boris s'approcha de lui et l'acheva à coups de crosse. Après quoi, il sortit une peau de chamois de sa poche et essuya l'arme minutieusement.

Il s'agissait de ce qu'ils appelaient dans l'Organisation un pistolet sacrifié. Boris le jeta auprès du corps, puis retourna à sa place pour se saisir de la coupure de presse demeurée sur la table basse.

Stevena était déjà dehors et faisait tourner le moteur. Lorsque Boris l'eut rejoint, il grogna :

— Il va falloir s'occuper de ça !

Il agitait le morceau de journal relatant le cambriolage des coffres.

— Je croyais qu'on rentrait dans l'après-midi ? objecta le conducteur.

— On va prévenir Vienne, *ils* décideront.

CHAPITRE XII

ON SENT QUE ÇA VIENT

En me pointant au P.C., j'interroge Mathias du regard et il me répond d'un battement de cils, ce qui signifie qu'oui, y a du nouveau.

— Les mecs ont appelé ?

— Il y a moins d'une heure, monsieur le commissaire, jubile le beau blond teint au minium. (Il tripatouille l'enregistreur branché sur le biniou.)

— Voici la communication, me déclare-t-il.

Il enclenche son bouzin. Je perçois distinctement notre sonnerie d'appel ; puis la voix unie du Rouquemoute :

— Ici Laboratoires Pill or Face, j'écoute.

Une voix, de toute évidence déguisée, déclare :

— Je voudrais parler au directeur.

— Il est absent pour le moment, c'est de la part ?…

— Il sera là quand ?

— Avant midi, probablement. Y a-t-il un message ?

— C'est personnel, je rappellerai.

Clic.

— Tu aurais dû te faire passer pour le directeur, bougonné-je.

Mathias ne s'émeut pas.

— Les directeurs de laboratoire ne répondent pas

eux-mêmes au téléphone, voyons, monsieur le commissaire.

— Très juste.

— Il s'agit fatalement de nos pieds nickelés.

— Fatalement, renchérit l'Incendié, puisque le laboratoire n'existe pas.

— A moins qu'un petit rigolo ayant lu France-Soir cherche à se rendre intéressant ou à affurer de la braise.

— Possible, mais improbable, répond mon petit pote. Un fumiste aurait tout de suite fait allusion à la valise. Du moins, me semble-t-il.

La porte s'ouvre sur Lefangeux et une saine odeur de poissecaille envahit nos locaux. Le Boursouflé renifle une très jolie stalactite à tête verte. Il nous serre la louche sans piper.

— Il t'arrive de te fringuer en civil, quelquefois ? lui demandé-je avec humeur.

Le grand flandrin rougit et perd un peu de son self.

— Pourquoi vous me dites ça, commissaire ?

— Avec tes bottes et ta tenue verdâtre, tu ressembles vaguement à un soldat du génie ; ou bien t'as l'air de jouer dans *Raboliot* : tu fouettes la barque de pêche sur les bords de la Loire, dans les aurores.

Mon « nouveau » murmure :

— C'est mon style, commissaire.

— Tu as du neuf, grand ?

— Pas celui que vous espérez.

— C'est-à-dire ?

— Le gars à qui vous avez piqué la valise s'est enfui de l'hosto.

— Kalel ?

— Oui. Dès hier, il a mis les bouts et s'est perdu dans la nature.

Je gamberge sur cette nouvelle. Au bout du compte, je décide que la disparition de Kalel n'est pas importante pour nous. Je le signifie à mes hommes d'un haussement d'épaules fataliste.

— A part ça ?

— R.A.S.

— On a des nouvelles des autres ? demandé-je à Mathias.

— Lurette a téléphoné pour dire que son jockey n'avait pas reparu ; il continue de le chercher.

— Béru, Pinaud ?

— Rien.

Lefangeux s'est installé à la petite table destinée à une secrétaire éventuelle. Il tire une boîte de sa vague et se met en devoir de fabriquer une mouche de mai pour le lancer léger.

Je regarde ses gros doigts de maçon devenir doigts d'horloger.

— T'as pas d'autres projets ? je questionne.

— J'attends, dit-il.

— L'ouverture de la pêche ?

— Que vos gars se manifestent pour la valise.

— Comment sais-tu qu'ils vont nous contacter ?

— Ça me paraît évident, commissaire. A ce moment-là il faudra du monde pour se mettre en piste.

« Outre cet enregistreur, ajoute Lefangeux en montrant le téléphone, je suppose que vous êtes sur écoute, non ? »

— Evidemment, grommelle Mathias. Mais nos interlocuteurs ne vont pas commettre l'imprudence de parler plus de trois minutes d'affilée.

Comme pour apporter la caution du destin à notre histoire, le biniou gazouille. Mathias décroche presto.

— Laboratoires Pill or Face, j'écoute.

— J'ai appelé ce matin, je veux le directeur.

— De la part ?

— Dites-lui simplement que j'ai des bocaux à céder.

— Des quoi ? s'exclame Mathias, chiquant les ahuris afin de gagner du temps.

— Des bocaux ! Faites vite, j'appelle de l'étranger.

— Je vais voir ; vous ne voulez pas me donner votre nom ?

— Ecoutez, mon vieux, je vais rappeler dans trois minutes, prévenez votre pédégé, et la prochaine fois il faudra me le passer immédiatement.

Il raccroche violemment.

On n'entend que le léger froissement produit par Lefangeux occupé à construire sa mouche berneuse de truites.

— Il ne dépassera pas les trois minutes, avertit Mathias.

Je le sais bien, c'est un professionnel !

On regarde tourniquer la trotteuse de la pendule électrique fixée dans le bureau. Elle se paie un tour de circuit, puis deux. Le biniou remet la sauce.

— C'est encore moi, assure le gars de son ton relaxe. Le patron, vite !

— Ne quittez pas.

Pour la vraisemblance, Mathias balance la communication sur le poste de la salle de conférences, mais sans raccrocher le sien, à cause de l'enregistreur.

Je prends le correspondant.

— Ici Jérôme Mazo, directeur de Pill or Face International, fais-je, non sans emphase.

— Salut, Jérôme ! réplique l'autre.

— Mais, monsieur, qui êtes-vous ? crois-je opportun de me rebiffer.

— Un type disposé à vendre quatre bocaux un bon prix. Ça joue ?

— Ah ! oui, je vois…

Ma voix est glandeuse à souhait. Un vrai dirluche d'entreprise, confronté à pareille situation, se comporterait exactement comme je le fais.

— On est prêts à les vendre un million deux cent cinquante mille balles, Jérôme, pièce, ça va de soi. Cinq bâtons au total. A prendre ou à laisser.

— Vous êtes fou ! m'étranglé-je.

— C'est ça : je suis fou.

Il raccroche. Je me retrouve comme un con adulte, le combiné en main. Tu parles d'un coriace ! Des nerfs d'acier, l'apôtre. Je te parie une paire de chaussettes contre une paire de couilles qu'il ne rappellera plus avant demain.

Je viens de paumer vingt-quatre plombes en voulant trop bien jouer le jeu. Tant pis.

Mes deux collaborateurs me défriment à la sournoise : regard rampant et paupières clignotantes.

— Ça n'a pas marché, monsieur le commissaire ? risque Mathias.

— Il rappellera demain ; si j'avais abondé dans son sens, il aurait pu se gaffer.

Béru s'annonce, la mine suave, les lèvres variqueuses, l'œil allumé par ses premiers beaujolais primeurs. Il est saboulé princier : veste à immenses carreaux brique et bleus, chemise jaune, cravate verte. Chez cet être plutôt négligé, le port de la cravate (je devrais écrire : la cravate du porc) est une constante. La vieille tradition, master Gradube. Un officier de police incravaté est pour lui un homme qui se déconsidère et qui abdique le respect attaché à sa fonction. La sienne s'orne d'auréoles oléagineuses superposées, et qu'à force on pourrait croire voulues.

— Bonne bourre, la coterie ! tonitrue sa corne de brume.

Il s'assied sur le coin du bureau et balance une louise qui va en s'irradiant sur le verre épais recouvrant le meuble, comme l'haleine d'une amoureuse sur la vitre hivernale pendant qu'elle guigne la survenance de son chevalier à mobylette.

— Alors, ça remue, ce bigntz ? demande l'Obèse à la ronde.

— Disons que ça frémit, réponds-je, ça n'est pas encore l'envol irrésistible.

Il hoche la tête, en profite pour roter, façon Brutus agacé et dit :

— J'croye bien qu'moi et la Pine, on a l'vé un des gonziers qui cherchaient après l'jockey.

Dès lors, notre attention et notre estime lui sont acquises.

— Qu'avez-vous fait, monsieur Bérurier ? demande respectueusement Lefangeux.

— Mon métier, rétorque noblement le Gros.

Il laisse filer un temps qui lui est propice car il ne fait qu'accroître son prestige, puis, se décidant :

— On a z'été, moi et Pinuche, au *Bar des Morues*. On a attendu la ferm'ture, qu'ensute d'après quoi, quand t'est-ce le dernier clille a été parti, j'ai entrepris l'taulier, m'sieur Auguste. Mais très sérieus'ment si vous voiereriez c'que j'veux dire.

Il nous présente son poing monstrueux dont les phalanges se couronnent d'ecchymoses.

— Si v'v'driez mon avis, la police n'est plus c'qu'elle était d'puis qu'les bonnes méthodes s'est perdues. D'nos jours, on interroge av'c des gants des gonziers qui connaît la loi mieux qu'leur bavard. Quand tu t'esprimes sans finauder, les gars jactent. Et y jactent av'c d'autant plus d'tout c'qu'y a d'volontiers qu'ils ont perdu l'habitude d'prend' des kilos d'pain dans les ratiches. J'voye m'sieur Auguste, cette noye. A sa troisième molaire, y l'a commencé à s'demander si après tout, la frite d'un des deux bonshommes y rappelait pas quéqu'un. Quand t'est-ce son pif a eu éclaté, il a cru s'souviendre de son blaze. Et puis alors, lorsque mon fameux crochet du droit l'a débotté l'clapoire, ça lui est r'venu que Pedro vendait d'l'outillellage aux arcans. Il donne dans l'gadget performant, l'Espingo ; l'matériel madine América.

— Vous l'avez placé ?

— Dans un fauteuil. Il crèche à Asnières, un mignon pavillon d'meulière av'c d'la faïence autour des f'nêt' et un jardinet qu'il élève des escarguinches. C'est son zobie, l'gastéropode, Pedro, y s'ruine en laitues pour nourrir ses bêtes à cornes. L'a aménagé un parc pour cheptel qu'le vicomte d'Panane l'habiterait tant tell'ment c'est confortab'.

« La Pine est en planque devant la villa, biscotte il est moins voyant qu'ma pomme. J'ai rabattu directo vous mett' au parfioume. »

Après avoir assimilé le rapport du Magistral, j'objecte :

— Si votre M. Auguste couvrait ce type, pourquoi a-t-il confié à Lurette qu'il était à la recherche de Bout-de-Zan ?

— T'sais, ces tauliers qui frayent plus ou moins

avec le Mitan, y naviguent ent' deux zoos. Y s'maintiennent en lâchant un peu d'lest et de l'ouest, mais sans s'moulier. Leur régu' d'vie c'est : un bouquet à la Rousse pour pas avoir d'ennuis, et un bouquet à messieurs les hommes pour rester sur leurs pattes. Pas d'jalminces.

On sonne.

Mathias file accueillir. C'est la dame d'hier, celle qui est venue essorer le Dabe. Mignonne dans un manteau de soie noire imperméabilisée, un carré Hermès noué autour du cou.

Elle sourit, confuse.

— Navrée de vous importuner, messieurs, mais hier, au cours de ma… heu… conversation avec Achille, j'ai perdu un bijou auquel je tenais beaucoup.

— J'espère qu'c'était pas vot' pucelage, petite maâme, s'empresse le Mastodonte. Si vous permettriez, j'vais vous aider à l'chercher.

D'autorité, il entraîne l'arrivante dans le studio des délices.

— Je pense que nous allons entendre le bruit d'une paire de gifles avant longtemps, plaisante Lefangeux.

— Pas sûr, dis-je. Bérurier est un être si mystérieux…

Notre jeune recrue se fend le pébroque et range sa mouche de mai, plus vraie qu'une vraie, dans une boîte initialement conçue pour l'hébergement de pastilles Valda.

Je me félicite du résultat obtenu par les duettistes Béru-Pinuche. C'est simple comme un œuf dur et ça ne rétrécit pas au lavage.

— Dès que le Gros refera surface, tu lui demanderas l'adresse de l'ami Pedro et tu prendras la relève de

Pinaud. Je veux que tu me filoches ce gredin et que tu notes ses moindres faits et gestes. Equipe-toi d'un talkie-walkie et garde le contact avec Mathias.

— Comptez sur moi, monsieur le commissaire.

Le biniou gazouille à nouveau. Mathias répond, je le vois se rembrunir.

— Je vous le passe, monsieur le directeur.

Merde, le Rubicond qui continue de me tartiner les roustons ! Je vais retourner à l'Elysée et le faire sacquer, moi, s'il me poursuit de ses assiduités !

Je maugrée dans l'appareil :

— Nous sommes en plein travail. Qu'y a-t-il ?

L'autre se fait tout minot.

— Simplement vous signaler que la commission américaine vient d'arriver plus tôt que prévu pour récupérer la valise, cher San-Antonio.

— Et alors ? Que voulez-vous que ça me foute ?

— Mais je… j'aimerais savoir…

— Vous aimeriez savoir quoi ?

A cet instant, un grand cri nous rapplique de la pièce voisine. Un cri de trident, comme dit le Gros. Un cri inouï, qui exprime la plus forte des terreurs.

Puis la dame halète :

— Oh ! non ! Non ! De grâce, monsieur ! Je vous en conjure. Vous êtes trop fort. Beaucoup trop fort pour moi. Je ne saurais vous recevoir !

Et la voix (je n'ose dire l'organe en un pareil instant) de Béru :

— Faites-vous pas d'soucis, ma gosse. J'vas vous attaquer à la menteuse, histoire d'baliser le parcours du combattant.

— Allô ! insiste le Rougeaud.

— Oui ? réponds-je placidement.

— J'ai l'impression qu'on crie dans votre entourage ?

— Gagné, fais-je. Ensuite ?

Il rengracie ; sa voix est humide d'anxiété.

— Que vais-je dire aux Américains, mon très cher San-Antonio ?

— La vérité ! soupiré-je, toute la vérité, rien que la vérité. C'est le meilleur conseil que je puisse vous donner.

Je raccroche.

Dans le secteur ça se déclenche. La petite bourgeoise la sent passer, espère ! Mais une vraie pétroleuse sait se montrer stoïque lorsqu'il le faut. Après tout, elle largue sa virginité une seconde fois, ce qui n'est pas donné à tout le monde ! Bonne fête, madame !

Je n'attends pas la fin du spectacle.

— Vous me raconterez, dis-je à mes hommes. Ça risque de durer longtemps ; dans les cas d'exception, Béru fait matinée et soirée en une seule séance.

CHAPITRE XIII

À N'Y PAS CROIRE

Une odeur de vapeur d'eau au pin des Vosges et d'embrocation m'accueille. L'endroit est d'une grande élégance. On devine que le massage doit coûter aussi chaud que le bain qui le précède. C'est laqué, vitré, nickelé. Couleurs claires. Quelques plantes vertes peu banales, pas du tout de l'espèce caoutchouc poussiéreux.

Une ravissante en blouse blanche, blonde de partout, j'espère, m'accueille. Il y a des parements vert Nil à la blouse, un badge épinglé sur le sein gauche indique le nom de sa propriétaire : « Gaëtane », pas moins. Elle me sourit dans les tons cyclamen ; ses dents brillent comme ce que tu voudras : nacre, tessons de bouteilles, neige au soleil, etc.

— C'est pour un abonnement ? me demande la belle enfant.

— J'aimerais une séance préalable pour essayer, que j'y réponds ; faire mon siège, si vous voyez ce que je veux dire ?

Elle voit parfaitement.

— Sauna, bain d'algues, massage, culture physique avec moniteur, thalassothérapie ?

Sa nomenclature continue.

J'écoute religieusement les délices proposés ; puis j'opte pour un bain d'algues et un massage classique.

La Gaëtane sonne et une autre toute belle vient me prendre en charge. Même blouse à parements verts. Même badge, sauf qu'elle se prénomme « Loïca », ce qui n'est pas dégueulasse non plus, tous les lecteurs de la Collection Bouffon t'y diront.

Elle est également blonde, voire davantage que la ravissante préposée à la réception. Formes éloquentes. Son petit dargif dur comme un poing de composteur de timbres me fait de l'œil en se déplaçant.

Loïca me pilote par un couloir vitré, agrémenté, côté mur, de photos plastifiées représentant une plage bordée de cocotiers, jusqu'au vestiaire. J'ai droit à une cabine pour me dessaper. J'y trouve un peignoir de couleur saumon et des sabots style japonouille (encore un kamikaze, c'est l'vitrier qui passe…).

— Lorsque vous serez prêt, vous n'aurez qu'à sonner, m'avertit Loïca.

Je me dessaboule sans me presser.

Et vais mettre ce léger temps mort à profit pour te révéler quel détail m'a fourni Francine Chocote, hier soir, entre deux steeple-baise.

Lors de sa partie de jambons avec son séducteur, elle se serait étonnée qu'il fût bronzé. « Vous arrivez des Tropiques ? » lui aurait-elle demandé. Il aurait souri en guise de réponse. Au restaurant russe, lorsqu'il a dégainé son larfouillet pour cigler la douloureuse, miss Francinounette, qui, comme la majorité absolue des gonzesses, a toujours un œil qui traîne et l'autre qui regarde, a aperçu une carte d'abonnement à un *fitness-club* : *L'Apollon Institut*, une brème jaune, avec en brun et en relief la silhouette du jumeau d'Artémis.

Et alors, il comporte comment t'est-ce, le Sana ? Il vient remoucher ce club hautement chic.

C.Q.F.D. !

Lorsque je suis prêt, dans mon coquet peignoir, mam'selle Loïca me reprend en charge. Mon bain étant coulé, il faut faire trempette. Je me glisse avec volupté dans l'eau chaude où macèrent des végétaux, en ayant un peu l'impression de me livrer à une marinade. Qu'ensuite on me fera cuire en civet. Auquel cas, si tu fais partie du festin, je te recommande la queue, comme dans le cochon.

D'aucuns, et même d'aucunes vachement salopiotes que je sais, vont s'imaginer que l'Apollon Institut s'inspire des méthodes thaïlandaises ; il n'en est rien. C'est la taule snob, grand chic et sans équivoque.

Loïca se contente de manier un jet avec maestria ; elle en fouette habilement mon corps, côté pile, côté face, sans saluer mister Tienfume du moindre regard. Un confus regret m'empêtre le sensoriel, porté comme je le suis sur la membrane magique. Quand je pense que des tauliers de boîte de noye poussent leurs entraîneuses à la prostitution et qu'au contraire, le patron de l'Apollon Institut exhorte ses amazones à la chasteté, je déplore que ces deux attitudes contradictoires ne soient pas interverties. Mais enfin, la vie est ce qu'elle est, les cons ce qu'ils sont et on va pas en faire un fromage.

Quand j'ai été bien aspergé, giclé, briqué, séché, la Loïca me pilote jusqu'à la salle de massage. Là, je me dis qu'il va m'être *most difficult* de conserver mon innocence de jeune fille. Sitôt que la sublime portera les mains sur mon épiderme, le Belge sortira du tombeau, comme dans la *Brabançonne*.

Surtout lorsque cette fifille atteindra la région équatoriale de ma personne. D'accord, j'ai conservé mon slip, mais Coquette-à-deux-roues ne s'est jamais laissé brimer par quelques centimètres carrés de cent pour cent coton.

Je m'allonge sur la table. Elle étale sur moi une grande serviette de bain et puis vaque. Quinze secondes plus tard, un gonzier grand comme l'Arc de Triomphe, mais un peu plus trapu, vient me rejoindre.

Lui aussi porte un badge sur la poitrine. Il a un prénom composé, voire composite ; il se prénomme Albain-Michel, ce qui m'incite à méditer.

Plus velu que sa pomme, ça existe, mais au zoo seulement et ça se masturbe en public.

— Bonjour, bonjour, il me fait ; tout joyce, en me présentant une main grande comme un Super-Etendard (sanglant élevé) faisant du rase-mottes. J'hasarde ma dextre dans cette tétine de vache fendue et mise à plat.

Un instant, je me fais l'effet de l'étourdi qui veut rattraper son monocle tombé dans le broyeur à ordures de sa cuisine. Et puis bon, King-Kong (plus Kong que King, ou alors King des Kongs) se met à me malaxer et alors, de lièvre en marinade que j'étais naguère, me voilà devenu pâte à millefeuille.

— C'est la première fois que vous venez à l'Apollon ? me demande ce belvédère ambulant.

Je confirme.

— Vous avez raison, approuve-t-il. On vit des temps qu'il faut se ménager ou alors on craque.

Je joins mon approbation pleine et entière à cette définition massive.

Bon, je suis tombé entre les pattes d'un bavard. Rien de plus chiant que d'être massé par quelqu'un qui jacte, et donc déconne, sans arrêt. En l'occurrence, je dois tirer profit de ce défaut.

J'explique au roi des Kongs que j'ai lié connaissance, en avion, avec un client de l'institut. J'ignore son nom. On a bavardé. Il m'a tellement vanté les mérites de ce club que j'ai eu envie de le pratiquer à mon tour.

Ça ne rate pas, le surpoilu veut savoir absolument à quoi ressemblait cet habitué enthousiaste.

Là, en policier compétent, je place une description minutieuse de l'homme qui me précéda dans les miches de Mlle Francine Chocote.

— Mais c'est M. Prince !

Et d'ajouter :

— Justement, il est là, il fait de la lampe, vous allez pouvoir lui dire bonjour !

Je ferme les yeux sur le bonheur brutal qui me pénètre de partout. Décidément, t'auras beau dire, Dieu existe. Dieu merci.

CHAPITRE XIV

PÉRIPÉTIES

Maintenant, j'essuie l'embrocation dont m'a embroqué le berger des Pyrénées chargé de me masser.

— Mais quoi donc ! Mais que faites-vous ! il époustoufle.

La première fois, excepté avec la dame qui avait pris trop de Pursénide, la première fois qu'un client lui échappe des pattounes en début de séance.

— Massez-vous la prostate en m'attendant, lui conseillé-je, ça pourra vous être utile un jour. Je viens de me rappeler que je n'ai pas coupé le moteur de ma voiture.

Et l'Antonio sort des massageries maritimes loqué en empereur romain.

Le vestiaire. Il est pourvu d'armoires en fer dont chacune ferme à clé. Il y en a quatre. Trois sont ouvertes et donc vides. Reste donc la mienne et celle de M. Prince ; déponner cette dernière est une historiette pour noces et banquets. Cric, crac, merci, Kodak. Le vergeur de Francine se saboule chez Smalto, fringues super-classe. Gris croisé à très fines rayures. Je plonge mes doigts dans ses vagues. D'entrée de fouille, je déniche son mignon pistolet extra-plat pour le costar de ville. Petit calibre, mais de précision, et qui tire des bastos explosives, s'il vous plaît. Moi, je le trouve bien hardi de débarquer à l'institut avec un tel excédent de bagages, m'sieur Prince. C'est un engagé, ce gus.

Je visite son portefeuille. J'y trouve sa carte de membre de l'Apollon, son permis de conduire au nom de Flavien Prince, né à Nogent-sur-Seine le 14 mars 1943, une carte d'identité au même blaze, deux mille francs suisses, trois mille cinq cents francs bassement français, cinq cents dollars et la photo craquelée d'une dame d'un certain âge et à l'aspect sévère qui doit être sa mère car il lui ressemble.

J'empoche sa carte d'identité, vide le chargeur de son pétard, remets tout en place et vais à la recherche de la pièce de bronzage. Prince paraît very beau gosse sur ses photos d'identité. Sa mise et sa fréquentation de la lampe à UV révèlent sa coquetterie.

Je me tâte, me demandant quelle est la meilleure conduite à adopter : attendre et voir, ou voir sans attendre ?

Mon tempérament d'alezan sauvage me fait opter pour la seconde soluce.

Je cherche autour de moi, en quête de ce qu'il me faut. Le trouve, comme toujours, la providence m'étant charitable.

*
* *

La porte n'est pas fermée à clé, d'ailleurs cela n'aurait rien changé à mon intrusion, tu t'en doutes.

J'entre donc dans une toute petite pièce meublée d'une espèce de sarcophage chromé, qui répand une lumière d'arc à souder, et d'une chaise.

Mon client est allongé dans le sarcophage dont le couvercle reste à une vingtaine de centimètres de son corps. L'appareil bronze urbi et orbi. Tel le steak dans son cuiseur, il te fait dorer la couenne côté pile et côté face en même temps.

Une minuterie grignote les secondes avec un bruit de rongeur en train de bouffer un gros réveille-matin.

— Ça se passe bien, monsieur Prince ? lancé-je à la canonnade (Béru dixit).

Il me prend pour un employé du club et répond, enjoué :

— Ça boume, Raymond, ça boume.

Faudra que je tâche à visionner le Raymond en question, voir ce qui peut amener cette confusance.

Je développe la grosse sangle que je viens de prélever sur l'enrouloir du volet pliant.

Je n'aperçois pas le visage de mon petit pote, because le couvercle baissé. Pour le voir, je devrais m'accroupir, mais je tiens à ne pas être vu de lui.

— Bougez pas, m'sieur Prince, lui fais-je, le couvercle n'est pas dans sa bonne position, je vous arrange ça en deux coups les gros.

Je balance la sangle par-dessus l'appareil, pèse violemment sur le couvercle, ramasse l'autre extrémité de la sangle et, m'étant placé à califourchon sur le couvercle, bien qu'il soit très chaud et me roussisse les roustons, je fais un nœud express. La manœuvre m'est facilitée par la boucle que j'avais exécutée préalablement.

A présent, M. Prince est kif une tranche de jambon dans le sandwich. Bloqué à mort entre les deux parties du coffre de lumière. Il se fout à gueuler et à ruer, mais sa voix est assourdie et ses efforts physiques restent vains.

— Il fait chaud, pas vrai, m'sieur Prince ? rigolé-je. Imaginez que vous êtes sur une plage du Sénégal en plein midi.

Il rameute, le frère. Affolé en plein, se demandant ce qui lui arrive. Dépassé par l'événement san-antonien, le malheureux !

— Inutile de pousser cette bramée, m'sieur Prince, déclaré-je. D'ailleurs, bougez pas, je vois qu'il y a un diffuseur musical dans tout l'institut, je vais vous mettre un petit air.

Effectivement, deux boutons sur une plaque métallique permettent, l'un de sélectionner des programmes, l'autre de les brancher et d'amplifier le son. Je choisis un chouette morceau de jazz intitulé My *Cue and your Backside same Struggle*.

Je donne un tour de clé à la porte, puis prends place sur la chaise, battant la mesure de mon pied nu. Du temps passe. Prince continue de gueuler qu'il va cramer, qu'au secours, que pourquoi faites-vous ça, Raymond ?, etc., etc.

Je me contente de lui faire « Chuuut », pas qu'il trouble mon plaisir. J'adore le jazz ; et puis aussi la musique de paquebots, langoureuse comme un coup de bite des années 20, dans une cabine de luxe revêtue d'acajou. C'est chouette, le passé. Ça n'en finit pas. Plus il s'éloigne, plus il est présent et te titille l'âme.

Le morceau s'achève sur une longue langourance du saxo. Bravo. Pour succéder, y a Mme Dalida (Veuve Samson) qui chante comme quoi elle est une femme avec tant de conviction qu'on va finir par la croire si elle continue.

— Je crois que votre bronzage sera impec, cette fois, m'sieur Prince. Vous ressemblerez à un merveilleux prince hindou, ou alors à un cul de singe si on s'attarde trop.

— Arrêtez ! il râle. Arrêtez, je cuis !

— Vous connaissez l'histoire ? Y a un type qui demande à un autre : « T'aimes les petits oiseaux » ? Et l'autre lui répond : « Oui : cuits, cuits ». C'est marrant, non ? Ça ne vous amuse pas ? Vous la saviez déjà ? Vous devez en connaître des fumantes, non, m'sieur Prince ? Dites, et celle des rigolos qui ont dévalisé les coffres de la G.D.B., vous la connaissez aussi ?

Là, il s'arrête de gueuler. Mme Adidas en profite pour rouler les « r ».

Même quand elle prononce le mot « femme », elle y parrrrvient. Comme quoi, on dira ce que je voudrai, mais c'est une vraie professionnelle. De son temps, on savait travailler, regarde Paulin, Dranem, Yvette Guilbert, Mistinguett…

Bon, j'en étais là que je place à m'sieur Prince mon vanne sur les coffiots éventrés.

Il la boucle. Des points d'interrogation s'échappent de l'appareil en même temps que les UV à reflets bleutés.

Je ne profère plus une broque. La balle est dans son (lit de) camp, à cézigus. Il a pas lerchouille de place pour dribbler, mais il devra faire avec.

La minuterie se met à faire « grrr grrr », pour annoncer qu'elle a rempli son contrat. Sans piper, je vais réenclencher le robico, offrir une heure de soleil en mieux à mon client. D'entendre le remoulinache, ça lui porte au mental. Il gémit :

— Oh ! non, merde ! Stoppez !

Puis, d'un ton misérable :

— Que me voulez-vous ?

— La valise, m'sieur Prince. Juste la valise métallique avec ses quatre bocaux.

Et puis on mutisme à nouveau, lui et moi. Mme Olida en profite pour placer son galop de glotte de fin de course. Le spiquère chevauche l'accord final pour prédire Patrick Sébastien. Qu'en v'là un, je te jure, il mérite le déplacement. Il bat à cœur, le grand blond. On l'a fignolé avec du vrai jus d'homme. Et puis il en a encore trente mètres sur le porte-bagages à nous déballer, espère. Ça viendra en son temps. La matière première, chez lui, est plus riche que le sous-sol du Minas Gerais.

— Je ne sais pas ce que vous voulez dire ! déclare Prince.

— Chut, ta gueule, laisse-moi écouter ! je l'intime.

Le grand Patrick, avec sa frime de Bourbon sauvé des révolutions et des mariages consanguins, je l'imagine tandis qu'il imite Defferre (à souder). En caoutchouc, tu le croirais, plus authentique que son modèle et presque aussi cocasse.

Faut que je rappelle à ceux qui vont me bouquiner dans deux ou trois ans qu'à l'époque où j'écrivis ce *book*, le ministre de l'Intérieur, chez nous, c'était M. Defferre (à repasser). On l'avait mis à l'Intérieur pour pas qu'il prenne froid. Tous les matins, un mycologue assermenté passait lui enlever ses champignons. C'était le bon temps.

Et le gars Sébastien y va à fond la caisse tandis que l'ami Prince rôtit à feu doux. Tu vas voir ce Négus, au déballage ! La vraie côte de proc au barbecue. Y aura que Maille qui t'aille, mec !

— Bon Dieu, je crève ! il déclare.

— Chuuuut ! Chuuut ! lui rétroque Mister Sana, tout à son plaisir trompe-d'eustachien.

— J'étouffe, je brûle !

Moi aussi, je brûle. On s'achemine vers une issue heureuse, je le sens bien. La trotteuse du compteur travaille *for me.* Clic, clac, clic, clac, clic, clac…

Après Patrick, on nous virgule un glandeur américo-asniérois dont mes tympans n'ont rien à foutre. Je le néglige en entonnant l'une des chansons favorites de Bérurier dans laquelle on trouve ces strophes sublimes :

Quand je t'ai vu sous l'habit militaire
J'ai deviné que tu étais soldat

J'interromps pile car on toque à la porte.

— Moui ? interrogé-je.

— Il est l'heure, monsieur Prince, on attend la place.

— J'arrive !

Comme quoi, on ne peut jamais rester tranquille. Maintenant, il sent la gagne, le drôlet. Il sait que son martyre va finir et il tient le coup. A preuve, il ne dit plus rien. Deux secondes de gambergeage intense me suffisent. Je défais la sangle, assis sur le couvercle de plus en plus chaud. L'ôte. Puis, frouttt ! Me carapate. Le couloir est vide. En quatre janjambées j'ai regagné le vestiaire. Me ressape en attendant l'arrivée de Prince. Il va bien devoir se refringuer, *no* ? Dès lors, j'aviserai.

Un gros mecton sort des toilettes. A loilpé sous un peignoir trop juste pour sa brioche. Il est rond, un peu chauve, n'ayant plus de cheveux, avec l'air de se minuter l'existence. Il regarde l'horloge pneumatique dont la trotteuse rouge nous fait des bras d'honneur toutes les secondes.

— Y en a qui en prennent à leur aise, me prend-à-témoin-t-il.

Je lève vers sa personne un œil indéniablement interrogateur (car j'étais assis pour mettre mes tatanes).

— L'heure, c'est l'heure, non ? poursuit le maugréateur.

— C'est un peu mon avis, admets-je, car si l'heure n'était pas l'heure, qu'est-ce qui serait l'heure ?

Il n'entre pas plus avant dans ce langage à la Devos.

— Je vais aller déloger ce butor ! m'avertit le ventru.

Et le voilà parti en roulant du bide jusqu'à la salle de bronzette.

Je l'entends tabasser la lourde et crier :

— Dites donc, vous : ça commence à bien faire !

J'ai du mal à enfiler ma tartine droite. Tu as remarqué qu'on a toujours une couille ou un pied plus fort que l'autre. Les marchands de grolles devraient tenir compte du phénomène et faire des chaussures gauches et des chaussures droites légèrement plus grandes. Ainsi tu demanderais du 42 avec soulier droit plus. Soit dit en passant, je sème les idées ; vous n'avez qu'à les ramasser et les mettre en application, les gars. Je suis gratuit.

Comme j'élabore mon nœud de cravate, le gros chauve radine au vestiaire. Il a des yeux comme un vélo, avec les sourcils pour faire la selle et le guidon.

— Vous ne savez pas ? il me blablute. Vous ne savez pas ?

— Pas encore, certifié-je, mais disez-moi et je saurai.

— Le type d'avant moi…

— Eh bien ?

— Il est mort. Enfin, je crois, il me semble, on jurerait… Oh merde, si c'est ça, les UV, je renonce…

Et il pisse de saisissement sur la moquette du vestiaire.

CHAPITRE XV

À N'Y PAS CROIRE !

Le talkie-walkie grésille.

Mathias se branche. C'est Lefangeux.

— L'éleveur d'escarguinches a quitté son domicile. Il roule sur Paris au volant d'une Golf GTI blanche à capote noire. Je le suis.

Je me penche sur l'appareil et presse le contacteur d'émission par-dessus le pouce du Rouquin.

— Tu es seul ?

— Non, l'O.P. Bérurier est à mon côté.

— Pinaud ?

— Il est resté sur place.

— Dès que le gars arrivera à destination, préviens-moi, on va le sauter ce matin.

— Entendu.

Mathias repose l'engin peint en vert, d'apparence très « grandes manœuvres d'automne ».

— Ça n'a pas l'air de carburer, monsieur le commissaire ? remarque ce perspicace.

— J'ai fait une blague à un type, elle a mal tourné.

Je lui narre ma mésaventure avec Prince et lui remets la carte d'identité de ce dernier.

— Il était fatalement cardiaque, diagnostique mon

collaborateur, les UV, en si peu de temps, n'ont pu le tuer.

Il examine la photo de Prince et hoche la torche olympique qui lui tient lieu de tête.

— Il ne s'appelle pas Prince, mais Printzer ; c'est un truand d'origine allemande. Il a déjà commis deux attaques de fourgons blindés, l'une à Strasbourg, il y a une dizaine d'années, l'autre il y a deux ans, à Lyon. On le soupçonne en outre d'avoir organisé plusieurs coups fumants restés impunis. Un cerveau, quoi !

Je siffle d'admiration.

— T'en sais des choses, Van Gogh ! Selon toi, il serait l'organisateur du casse de la G.D.B. ?

— Ça paraît évident.

Sur la brèmouze bidon, y a écrit qu'il crèche 440, rue de Passy. Cette adresse doit être de fantaisie, mais il conviendra de s'en assurer.

— C'est rare, les truands qui claquent d'embolie, réfléchis-je comme un miroir solaire.

Pour me refaire un cerveau, je procède à une inspection générale des données. C'est dispersé comme un jeu de cartes jeté d'avion. Tu trouves de tout : des Ricains baisés par une équipe de terroristes internationaux, un futé à qui je repique leur valdingue sans avoir l'air d'y toucher et qui s'enfuit de l'hosto, des truands qui pillent une partie des coffres grâce à la participation de gars maigrichons, style jockeys. Une employée de banque sensible au braque des messieurs. Un chef de bande qui claque du cœur parce qu'on le sarcophage un quart d'heure dans un appareil à bronzer. Tout ça me fait une curieuse impression. Me paraît à la fois simpliste et impénétrable, aussi dur à déchiffrer que le verbe surseoir est dur à conjuguer au passé composé (que le Gravos appelle le passé composté).

Va pourtant bien falloir faire progresser la locomotive. En fait mon nouvel agencement professionnel me déroute, voilà l'histoire. Je n'ai pas eu le temps de me faire à ces nouvelles méthodes que j'ai voulues pourtant dans un grand moment de chambardement existentiel.

Pourquoi « existentiel », me demanderas-tu ? Et pourquoi pas ? te répondrai-je, avec cette pertinence qui m'a valu l'estime de mes paires, comme la mienne (de paire) m'a valu celle de leurs épouses.

Mais bouge pas, Nicolas, la mise en place va se faire. J'ai tous les rouages, s'agit simplement de les remonter. Brève période de rodage, et puis, de la route, ma loute !

Le talkie-walkie remet ça.

— Allô ! Me recevez-t-il-vous ? s'inquiète la voix de mélécasse de Sa Ventripotente Majesté qu'ça sent fortement marquée par des boissons qui ne sont pas en vente libre dans les cantines scolaires.

— Cinq sur cinq ! répond Mathias.

— Alors ça fait un, mon pote, gouaille l'éminent mathématicien. C'est toi, le Brasier ?

— C'est moi, confirme Mathias qui a déjà subi tous les sobriquets pouvant découler de sa flamboyance.

— Voudrais-tu-t-il me passer l'commissaire dans l'hypothèque qu'y s'rait laguche ?

— Quittez pas !

Je cramponne la grosse chose verte à antenne télescopique qui ressemble vaguement à une canne à pêche plantée dans la boîte d'asticots avec laquelle elle fait équipe.

— Je t'écoute, Gros.

— Ça va de plus mal en plumeau ! annonce le Gros.

Not' client a dû nous retapisser car il vient de se barrer vite fait bien fait, et tel qu'il pédalait, il doit z'êt' en train de prendre un billet pour les îles Maladives.

— Explique.

— Il s'est r'misé en s'conde file, brusqu'ment, pour foncer dans un immeub'. On a attendu un chouïa, puis, comme il ressortait pas, nous sommes z'été, moi et le Terre-Neuvas, glisser un œil dans la taule. On s'a alors aperçu qu'y a une double hirsute. Tu m'as pigé tu m'as, l'Grand ?

Le Grand repousse la hargne envahisseuse, noire traîtresse sapeuse d'énergie. Le moral ! Le moral avant tout ! Une fois mort on avisera. En attendant, faut dominer toutes les situations. Faut dire que, dans mes tréfonds, et ce pour une raison que je ne te révélerai qu'en temps utile, je me sens *cool*.

— Bon, si je comprends bien, vous seriez deux lavedus ? demandé-je d'un ton tellement froid que l'émetteur du talcul-moncul se couvre de givre.

Féroce, j'ajoute :

— Je croyais que le pécheur d'Islande était l'empereur de la filoche. Qu'à force de berner des truites, il avait acquis le don de transparence ?

— C'est ça, pique ta crise, mec, répond Béru. Si tu verrais pas d'inconvéniance, l'restant, tu nous l'écriras, ça nous aidera, aux chiches, les jours d'constipation. Bon, qu'est-ce on branle ? Tu voudrais-t-il que, par acquisition de conscience, on poireaute encore en priant Not' Dam' de l'Elixir du Bon Secours ?

— Où êtes-vous ?

La réponse tombe, pâteuse, mais musicale pour mes chers tympans frustrés.

— Quat' cent quarante rue d'Passy.

Mathias s'est dressé comme un seul homme. Pour ma part, plus self-contrôlé, je me contente de vociférer :

— Qu'est-ce que tu dis ?

Le Mammouth en borborygme de saisissement.

— Eh ! molo, Grand, tu m'décrépis l'intérieur des feuilles ! Pourquoi gueules-tu-t'il si fort ?

Brusquement (ou soudain, voire « tout à coup »), je me sens devenir plus calme qu'une tête de veau persillée à l'étal de ton boucher.

— Hein ? demande le Mastar, à travers les éthers, qu'est-ce que ça veut dire ces bramances de force 6 à l'échelle de Riche Terre ?

— Béru, murmuré-je, mon gamin, mon tout-beau, mon entièrement mien, fonce dare-dare interviewer la pipelette du 440 pour lui demander si un certain Flavien Prince habite son immeuble.

— Quel blaze tu dis ? Oh ! merde, r'v'là Pedro, le roi d'l'escarguinche.

— Que Lefangeux le suive seul, toi tu restes ici avec le talkie-walkie.

— Banco ! Attends, j'coupe, biscotte faut qu'je vais planquer c't engin pour décarrer d'la chignole, j'te r'd'mande avant pas longtemps.

Et puis c'est le silence.

Je regarde Mathias.

— Eh bien, commissaire, me dit-il, on dirait que ça s'emboîte, non ?

Deux minutes plus tard, le Dodu rappelle.

— Jockey, fait Alexandre-Benoît, l'Pedro s'en est r'parti av'c l'ami la Gaule aux miches ; m'v'là à pieuvre d'œufs[1] pour exécuter mon wattman Chauve. Quel nom t'as dit qu'j'devais m'rancarder ?

— Prince, comme un prince.

La phonie est en bise-bille avec ce mot pourtant d'un énoncé souple et bref.

— Pince, comme pince-monseigneur ?

— Non : prince, comme monseigneur ; si tu avais un fils, il serait prince des cons, n'est-ce pas ?

— Ah ! Prince ? réalise l'Hénorme.

— Voilà !

— J'vais z'aux nouvelles. Que faut-on qu'je fisse, si fectivement, ton Prince charmant crèche laguche ?

— Rien, tu m'attends, j'arrive.

— Et si y s'barrerait avant que tu vinasses ?

— Ça m'étonnerait. Terminé !

Je carapate.

Croise dans l'allée le Vieux avec une nouvelle dadame un poil plus tapée que la précédente et qui s'enveloppe de mystère et de tulle, genre Garbo. Il s'abstient de faire les présentations.

— Du nouveau, mon cher ?

— Mathias vous mettra au courant, Achille, si toutefois vous avez l'opportunité de l'écouter ?

— Le temps de montrer notre petite installation à Mme la comtesse de Guaire-Lasse, et je m'informe.

La cage d'ascenseur les absorbe, puis les hisse vers des bonheurs temporaires.

1. Nous pensons que par cet « à pieuvre d'œufs. Béru a eu un simple lapsus et qu'il voulait dire « à pied d'œuvre » mais la sémiologie appliquée à son langage particulier ouvre la porte à toutes les suppositions.

San-A.

CHAPITRE XVI

LE BON ARGUMENT

Tabobo Outussé est à la fois congolais et balayeur municipal de la ville de Paris. Me voyant stopper là qu'il a constitué son petit lac artificiel, en bordure de trottoir, il me jette un gros regard jaune chargé de réprobation.

— Excusez, lui dis-je, mais une place de stationnement c'est sacré !

Il hésite un instant avant de me déclarer sans escamoter les « r » comme on le fait sottement pratiquer aux Noirs qui prennent la parole, que ma bagnole, et si je me la fourrais dans le cul, hein ? si je me la fourrais dans le cul bien profond, mon vieux ? A quoi je réponds que tu penses bien que j'ai essayé, mais j'ai dû renoncer à ce plaisant dessein à cause des rétroviseurs extérieurs.

Un coup de sifflet de trident retentit, et je vois Bérurier débouler d'un élégant bar sis à quelques encablures.

Il se pointe à la ligne, la démarche chaloupante.

— T'avais raison, me dit-il, le Prince crèche bel et bien dans c't'immeuble. Au reste-chaussée, en face la loge de la pipelette.

Le talkie-walkie gonfle la vague gauche de son lardeusse ; la droite contient, ce matin, quelques pommes de terre en robe des champs emparées à toutes faims utiles au moment de quitter son clair logis.

Tabobo Outussé, très remonté, nous propulse de l'eau sur le bas du futal d'un coup de balai adroit. Lors, le Plantigrade s'arrête pour toiser l'employé de voirie.

— T'as d' la veine qu' j'soye pas raciss, bébé rose, qu'autrement sinon j'allais t'jouer le casse de l'onc' Tom gratis pour négro.

Décidément de nature maussade, ce matin, Tabobo Outussé répond à Béru qu'il le sodomise (sa marotte) ; mon bien-aimé collègue lui prend alors son balai des mains et en brise le manche sur son genou.

— On continue ou on va à la chasse aux morpions ? questionne l'Implacable.

Tabobo répond qu'il préfère se mettre en chômage, du moment qu'il n'a plus de balai ; et il affirme à Bérurier que « mon vieux t'es con, toi, pour être con t'es con, c'est pas la peine de te regarder deux fois, con comme t'es, pour savoir que t'es con, mon vieux ! »

Soucieux de ne pas laisser se développer un navrant pugilat, j'entraîne le Mahousse. Le Service commande et il urge.

*
* *

La gonzesse qui vient nous ouvrir, y a plus que dans les James Bond que tu en trouves de semblables, et encore, le plus souvent, elles fatiguent un peu des loloches. Figure-toi une brune à reflets roux, bronzée comme une pub pour l'ambre solaire, avec un peignoir si léger et si transparent qu'il ressemble à un peu de buée autour d'elle. On voit ses seins et on reste en prise directe avec le slip grand comme un timbre-poste.

Elle nous défrime d'un œil sagace, nous situe immédiatement, reste impassible, puis se décide à nous faire l'aumône d'un sourire.

— M. Prince ? lâché-je.

— Il est absent, c'est à quel sujet ?

— Quand devrait-il rentrer ? lui expliqué-je.

Elle a un geste comme lorsque tu imites le mouvement de la mer qu'on voit danser.

— Sûrement pas avant la semaine prochaine.

— Il faut tellement de temps pour revenir de l'Apollon Club ?

Mon objection la disjoncte un brin. Elle bat des cils, qu'elle a longs et recourbés.

— Permettez, dis-je en la refoulant gentiment.

— Qui êtes-vous ? rebiffe la tigresse de Prince.

— Vous le savez bien, fais-je.

— Pas du tout. Je…

Nous sommes dans la place, Béru relourde en ajustant la chaîne de sécurité.

— La porte est blindée, remarque-t-il, c'est mieux quand on habite un reste-chaussée.

— Vous êtes de la police ? s'inquiète la dame.

— Gagné ! je réponds. Quand je vous disais que vous aviez deviné. Racontez-moi un peu qui vous êtes, ma chérie.

— Ça suffit ! glapit la môme, flics ou pas, vous allez déguerpir d'ici ! Je n'ai aucun compte à vous rendre et…

Une mandale du Gros la fait reculer de trois pas.

— Salaud ! qu'elle hurle, ça ne se passera pas comme ça !

Le Mastar lui aligne une deuxième beigne, sur l'autre joue, pour faire la paire.

— C'est bon pour ce que t'as, la môme, continue tes chichis et tu vas avoir la tronche comme une lessiveuse.

Elle balbutie :

— Vous n'êtes pas des poulets, hein ?

— Qu'est-ce t'en as à branler, ma gosse ? Ça t'intéresse si fort, la profession des gens ?

L'appartement est vachement bordélique. La dernière fois qu'une femme de ménage s'y est pointée, c'était avant l'assassinat de Kennedy. Depuis lors, la poussière et les toiles d'araignée se partagent le territoire. C'est insolite, d'ailleurs, cette pin-up bien briquée au cœur d'un tel bordel.

— Dites donc, noté-je, elle valait pas un coup de sirop, la prof qui vous donnait les cours d'arts ménagers. Je me demande comment Flavien, si gandinus, peut se complaire dans un gourbi pareil.

Elle ne répond pas. Je la refoule jusqu'à un fauteuil dans lequel elle se laisse choir.

Je me saisis d'une chaise et m'y assois à califourchon, face à elle.

— Tu es la nana de Prince, évidemment.

Elle hausse les épaules en forme d'acquiescement.

— Identité ?

— Marie-Anne Dubois.

— Dont on fait les pipes ? demande Sa Majesté égrillarde.

— Très drôle, ricane la frangine ; on me l'avait encore jamais fait.

Nouvelle torgnole chétieuse de Béru qui ne laisse rien passer.

— Dis donc, me demande-t-il, et si, par acquisition de conscience, je l'attachais à son fauteuil ?

— Faut pas vous gêner ! fulmine la gosse. Vous voulez quoi, au juste ?

J'hoche le chef.

— Des tas de renseignements.

— Vous me prenez pour la D.S.T. ?

— Un peu. Il est venu pour qui le Pedro, tout à l'heure ?

Nouveau tressaillement de Marie-Anne.

— Il cherchait après Prince.

— Mais encore ?

— C'est tout.

Sa Majesté m'interroge du regard en me montrant sa belle main large comme une côte de bœuf pour quatre personnes. Curieux comme il aime dérouiller ses contemporains, le Gros. Hommes, femmes, enfants, moines, vieillards, tout lui est bon. Ça m'a toujours rendu perplexe, ce besoin de cogner, de la part d'un brave homme capable des plus grandes générosités et de sacrifices héroïques. Ça cache quoi, selon toi ? Il règle quel étrange compte, mon pote, en tartinant à tout berzingue le museau des gens ? L'étrange, c'est qu'il le fait spontanément, par vocation profonde, et, je le jure, sans paraître en éprouver un sadique plaisir. Il frappe presque par devoir. Il répond à une mystérieuse mission dont il se sent investi. Chourineur comme on est poète. Et d'ailleurs, il y a une poésie de la castagne. Il aime chabler à tout-va, tisaner pour un oui, un non ; ou pour rien du tout. Il distribue les mornifles comme un bon seigneur du temps jadis distribuait des écus. Une forme d'offrande ; un don de soi à cinq branches : tchlac ! Et il a ses marottes, ses coups à lui, bottes secrètes pour charretier en bagarre : la torgnole sèche pour madame, celle qui te soulève un peu la tronche du buste, ma chérie, et qui te remplit le sac à vue d'étincelles d'argent ; le direct sur le pif pour le bonhomme, franc et massif comme un coup de piston : paoum ! Il poursuit par des variantes quand c'est la vraie séance : crochet sur les ratiches. Il te dédominote une mâchoire d'un seul parpaing, mister l'Emplâtreur, en imprimant au poing un mouvement glissant qui le fait courir sur la denture. Les gencives ainsi prises à partie s'effeuillent comme des marguerites dans la bourrasque.

Dans le cas présent, je lui adresse un signe de dénégation. La mousmé à Prince, c'est pas les gnons qui nous la mettront en condition. Je l'observe, et je lis une sombre détermination à travers les luisances de la haine qui emplit ses yeux.

— Tu connais la nouvelle, Marie-Anne ? lui demandé-je brusquement.

— Quelle nouvelle ?

— Si je te la dis, tu ne vas pas me croire. Je préfère que tu t'informes toi-même, apporte-nous le bigophone, Gros !

Alexandre-Benoît trouve l'appareil et le dépose sur mes genoux.

Je le place alors sur ceux de ma vis-à-vise. Puis je retire de ma poche supérieure la carte de l'Apollon Club, remise par Gaëtane.

— Appelle cette boutique, dis que tu es Mme Prince et demande après ton mari.

— Mais quoi donc ?

— Fais, ma belle ! Fais ! T'as peur de t'électrocuter avec le téléphone ?

Une dernière hésitance, puis elle compose le

numéro. Et bon, la gonzesse de la réception annonce Apollon Club, j'écoute. Marie-Anne Dubois dit qu'elle est Mme Prince et qu'elle voudrait parler à son cher époux.

O.K., je me lève pour marcher un peu au milieu du chantier. J'ai pas envie de suivre à bout portant le désarroi d'une gerce. Des fois qu'elle s'en ressentirait sérieusement pour le beau Flavien.

Elle écoute, ne dit pas une broque. Béru, qui a trouvé un très beau flacon empli d'un liquide pourpre, goûte celui-ci et annonce, sans joie, que c'est de la liqueur de cerises et que merde, ça va pour les frangines, mais pour lui, très peu ; le cholestérol en bouteille, il t'en fait cadeau !

Je perçois le déclic du combiné remis sur sa fourche. Alors je risque une œillée et j'avise Marie-Anne, blême, avec les lèvres qui frémissent.

Pour lors, je reprends ma place face à elle.

— Je respecte le chagrin, lui dis-je.

Mais elle n'a pas dû m'entendre. Ses doigts entrecroisés sont blancs, tellement elle les presse ; sa respiration devient un peu haletante. Tu pourrais l'enregistrer pour un remake sur *La bête du Gévaudan*.

D'un geste lent, je déballe ma brème poulardière et la tiens en évidence devant ses yeux, jusqu'à ce que je sois certain qu'elle l'a vue, conçue et réalisée.

Alors, je la remets soigneusement dans mon porte-cartes Vuitton, cadeau d'une personne dont j'ai un peu délayé le sensoriel avant de me brancher sur la Tzarine.

— Je respecte le chagrin, répété-je d'une voix tendre, seulement la vie continue, ma petite fille. Il va falloir penser un peu à toi, maintenant. Tu ne veux pas qu'il t'arrive la même bricole, môme ?

Là, elle se raccroche à la cordée.

— Comment, qu'il m'arrive la même bricole ? On m'a dit…

— Qu'il avait eu une crise cardiaque dans sa lampe à faire des nègres ?

— Ben oui ; c'est pas ça ?

Là, je me lance dans ma partition :

— Si c'était ça, pourquoi serais-je ici ?

— Que voulez-vous dire ?

— Devine !

— Il aurait été…

— T'en doutes ? Un gars comme Prince ; quarante balais, beau comme une bite neuve, se farcir un infarctus, tu parles d'une maldonne !

— Ils l'ont buté ?

— Un vrai velours, ma poule !

Maintenant, me faut savoir qui elle englobe dans son « ils ».

— Et tu devines pourquoi ils se le sont payé ?

Elle ne répond pas.

— L'affaire de la G.D.B., conclus-je. Et toi aussi, tu vas avoir droit au mignon lardeuss en sapin qui a des poignées à la place des manches.

Elle allait chiquer au « je ne sais de quoi vous parlez », mais la fin de ma phrase fait capoter ses dénégations. Alors elle regobe ses indignations bidon pour gémir :

— Mais pourquoi, moi ? J'ai rien à voir dans ces giries !

— Tu leur diras, peut-être qu'ils te croiront.

J'ajoute au bout d'un silence convenable :

— Ou peut-être pas.

Bérurier, indifférent à cet échange, chantonne une scie d'avant 14 :

Tu pues des pieds mais je t'adore

Parce que tu sens plus fort que moi

Il a dégauchi cette fois une vraie bouteille contenant, comme il le dit, « de la vraie alcool », et sa joie de vivre s'amplifie. Il va et vient dans l'appartement, ouvrant des tiroirs à sa guise, et puis des placards, tout ça…

— Je n'ai rien fait ! lance Marie-Anne en frappant du pied.

La peur prend doucettement le pas sur la peine. Sa peau lui semble plus importante que celle de son défunt.

Je lui donne une petite tape affectueuse sur la joue.

— Y a des moments où il faut comprendre où est son intérêt, fais-je en modulant. Si tu t'obstines à battre à niort, bon, je te laisse et advienne que pourra. Par contre, si tu nous éclaires la vitrine en grand, comme pour Noël, alors là, on fait le ménage et t'es peinarde dans ton veuvage en attendant de refaire ta vie ; belle et jeune comme tu es, excuse-moi, mais ça paraît inévitable. Tu m'as pigé, ou je dois faire venir un traducteur ?

Elle a un léger mouvement d'épaules. Oui, oui, elle comprend.

— Tu vois bien, poursuis-je, que je suis au courant de l'essentiel ; que tu parles ou que tu te taises, je découvrirai ce qu'il me faut savoir ; seulement si tu la boucles ça prendra un peu de temps, et c'est ce temps-là qui risquerait de t'être néfaste, *do you capite, mein Fraülein ?*

Comme elle ne répond pas, je lui en distille encore quelques centimètres :

— Si tu y mets du tien, avant la fin de la journée tout peut être terminé sans bavures. On est une équipe à part, capable de travailler sans filet.

Béru s'avance en tapotant l'un contre l'autre deux fascicules bleus. Des passeports.

— Vous alliez partir pour le Venez-suer-là ? demande-t-il.

Il m'ouvre les carnets couleur d'espérance à une page où s'étale effectivement le visa du Venezuela.

Je trouve l'ouverture.

— Vous prépariez un voyage de noces, petite fille ? Tu sais que tu peux le faire seule !

CHAPITRE XVII

ON CHARGE

Non, mais tu vas voir, ma jolie petite fille, si salope, combien cette aventure est édifiante et stupétrange. A n'y pas croire.

Crois-la pas si tu voudras, comme dit Béru, les fesses sont là, indéniables, et oublille pas une chose, mon tendron : trop de scepticisme engendre la solitude. Moins tu croiras, plus tu seras abandonnée en ce pauvre monde devenu si petit qu'on sera bientôt obligés de s'y tenir sur un pied.

Moi, du temps que Marie-Anne hésite, je bigophone au pécé, demander à Mathias si les braves autres pieds nickelés ont donné de leurs chères nouvelles.

C'est Achille qui me répond, bien découillé par son essoreuse chichiteuse. Il a sa superbe de jadis : timbre d'airain (tintin), inflexions sonores du tribun qui s'écoute jacter et qui n'attaque pas la phrase suivante que les échos de la précédente ne soient morts de leur bonne mort.

— Où êtes-vous, que faites-vous ? m'interroge-t-il.

Dis, tu permets, il se croit revenu au temps du muet, le Dabe. Va-t-il me falloir lui rappeler à tout bout de champ que dorénavant, c'est San-Antonio qui tient la barre ?

— Je suis où je dois être, Achille ; ensuite ?

Douché, il mesure la modestie de sa position dans le groupe et lâche dix tonnes de lest.

— Naturellement, mon bon, naturellement. Ah ! que je vous dise : lorsque Mathias m'a eu narré votre aventure de l'Apollon Club avec le sieur Prince, j'ai aussitôt téléphoné à l'Institut médico-légal où l'on a transporté le corps pour demander un premier examen au légiste. Son siège était déjà fait !

— Arrêt du cœur, ironisé-je, comme Hiro-Hito à Hiroshima.

— Oui.

Vieux gland !

Le Dabe reprend :

— Arrêt du cœur par injection de strychnine. On lui a planté l'aiguille fatale dans le talon !

Cher Achille ! Dans le talon !

Et moi qui me gaussais !

Comment expier proprement cette odieuse moquerie sans souiller mon pantalon à l'emplacement des genoux ?

Prince, assassiné !

Tout comme je viens de l'affirmer à sa gonzesse ! En somme j'ai inventé la vérité ! Ahurissant !

Assassiné ! Lui ! Presque en ma présence !

Ce qui domine en moi, c'est le soulagement. Ainsi donc ; il n'est pas mort d'un trop fort coup de soleil ? Je ne suis pour rien dans sa fin prématurée.

— Parfait, bon travail, Achille, bagouillé-je.

Je raccroche, oubliant du coup de m'informer sur nos collaborateurs.

Les images se bousculent au portillon de ma mémoire. Je revois le gros mec chauve, impatient, qui réclamait la place dans le vestiaire de l'institut. C'est lui l'assassin ! Il est entré pendant que l'autre commençait à se dégager de l'appareil, et flouttt ! lui a enquillé sa mignonne seringue dans la plante des pieds.

Une ébrouance pour recoller au réel. La veuve clito est toujours dans son fauteuil, l'air pas joyce.

Bérurier continue de fureter dans l'appartement. Il chante, cette fois : *Petit oiseau qui tète encore sa mère*. Je sens que *Les matelassiers* ne vont pas tarder. Son lyrisme est tonifiant.

— Ton julot est défunté d'une piqûre de strychnine, fais-je en prenant place sur l'accoudoir dans son fauteuil.

J'ajoute :

— Vos petits potes travaillent dans le subtil. Maintenant, il s'agit de faire vite si tu veux être debout devant la fosse et non couchée dedans quand on enterrera ce pauvre Prince.

Ne pas lésiner sur le lugubre quand on veut créer l'effroi. Regarde au cinoche, ce sont toujours les mêmes poncifs qui mouillent les slips des spectateurs : le cri dans la nuit, le cimetière au clair de lune, la maison sinistre dont les volets battent ; faut pas craindre. Si t'es trop pudique, tu te ramasses. Tu crois que j'aurais fait carrière si je n'avais tenté d'amuser qu'avec le bon appartement chaud et des mots d'enfants délicieux ? Zob ! A la truelle, mon pote ! A la taloche ! Fchlak ! fchlak ! Mets-en épais pour que ça tienne. Le flou artistique, ils le dégueulent. Sur les cartes de Noël, à la rigueur, oui, là, un peu de vaporeux, ils consentent. Mais ils aiment la potée auvergnate, la choucroute garnie, le cassoulet toulousain, tous ces mets solides qui font ventre ! Ma littérature fait ventre. C'est pas de la branlette, genre japonouille : poisson cru et autres conneries digérées avant que d'être bouffées. Je tiens au corps, moi, mes gueux. Ça pète et ça rote avec bibi ! Tu peux sortir sans cache-nez ni thermolactyl. Je te fais une santé de terrassier, tchlak ! tchlak ! Prends ton Sana de pèlerin et va la vie, mon grand : va la vie…

Sa grand-peur qui paraît au discours que je tiens
Par mes yeux pleins d'amour se découvre aux siens
Et croyant voir en moi l'honneur de la bourdille
Tout son corps me dédie son âme qui grésille

Juste pour se marrer.

Mais c'est pas marrant.

Bon, on en rate, c'est pas grave. Deux cent quarante pages, c'est pas avec du Claudel fumé ou du Valéry en civet que tu les remplis, merde !

Qu'alors donc, bon, très bien, la dame se met à jacter. Je gaze. On y va. Ajuste ta cervelle, pas qu'elle flotte. Tu la bloques jamais suffisamment lorsque je débloque.

Oui, elle est au courant pour le coup de la G.D.B. Prince en est le cerveau. C'est lui qui a tout goupillé. Un organisateur accompli. Il a mijoté le casse, a constitué son équipe. Pas nombreuse, ils n'étaient que cinq : Prince, Pedro, Bout-de-Zan, l'Ongulé, un petit arcan connu des services de police et ainsi surnommé parce qu'il a des ongles de mandarin chinois, longs d'au moins cinq centimètres, comme quoi ça l'aide pour fric-fraquer. C'est devenu des sortes d'outils naturels, les antennes de ses doigts. Et pour finir le lot, Robert-le-Pieux, un ancien séminariste qui a tourné chasuble. Elle me décrit l'homme. Ça ne ressemble pas du tout au gars en peignoir de l'Apollon Club.

Ils ont réussi le coup sans problème, après une mise au point parfaite. Chacun à son poste, un pour tous, tous pour un. Prince a aussitôt partagé l'or et les billets de banque trouvés dans les coffres. Pour le reste, tout le reste, il l'a livré à un receleur avec lequel il s'était mis en cheville avant le coup. C'était un prudent, Flavien. Il ne voulait pas risquer un turbin à cause d'un bijou conservé, d'un titre ou autre valeur à négocier. Il avait fait admettre ce point de vue à ses scouts. Alors il négociait avec leur consentement.

— Avec qui ? je demande.

Marie-Anne lève sur moi son beau regard noyé.

— Sur la mémoire de mon homme, je vous jure que je l'ignore. Je suis au courant pour ses complices parce qu'ils se réunissaient ici, mais je ne sais rien du receleur.

— Pedro voulait quoi, tout à l'heure ?

— Il passait simplement aux nouvelles, savoir quand ils toucheraient le carbure de la fourgue.

A l'expression, je comprends que la merveilleuse est vraiment une authentique ressortissante du Mitan, habituée à messieurs les hommes, vivant leur vie de façon plus ou moins marginale.

— Bon, il me faut maintenant les points de chute de l'Ongulé et de Robert-le-Pieux ; pour les autres, ça boume, ils sont déjà dans mon collimateur…

— Je ne saurai vous donner que leurs téléphones, Flavien les avait notés.

— Je m'en contenterai, assuré-je.

Marie-Anne se lève pour gagner le poste téléphonique. Elle soulève l'appareil et me désigne des morceaux de papier collant plaqués sur son socle. Elle les arrache délicatement et les fixe sur une feuille de bloc.

— Voilà, tout est là.

— Merci.

Nous la quittons un peu plus tard, non sans lui avoir recommandé de n'ouvrir à personne ; quand nous reviendrons, on cognera six coups à la porte après avoir sonné à trois reprises ; banco ?

*
* *

— Lurette et Lefangeux ont appelé, annonce Mathias. Le plus cocasse, c'est qu'ils sont ensemble parce que leurs « clients » respectifs, à savoir Pedro et le Jockey, se sont rejoints dans un restaurant des Ternes ; ils déjeunent en compagnie de deux autres mecs dont l'un répond au signalement du type qui accompagnait Pedro au *Bar des Morues*.

— C'est trop beau pour être vrai ! m'exclamé-je. Toute la bande dans une seule charretée, on croit rêver ! Bon, appelle mes gonziers, dis-leur qu'on va emballer ce beau monde, qu'ils se tiennent prêts.

Béru commence à pourlécher, en bon chien de chasse qui voit son maîmaître décrocher le fusil.

— Dans quoi t'est-ce tu vas les mettre ? s'inquiète l'Abondant.

— Comment cela ?

— On va pas prendre chacun l'sien dans une tuture, non ? C'est des coriaces, faut d'la main-d'œuvre pour les surveiller.

— Banco ! Je me fais expédier une fourgonnette devant le restau.

Là-dessus, j'appelle le dirluche de la Poule pour qu'il me débloque un véhicule de travail.

Il est en plein cirage, le Rubis-Con.

— San-Antonio, mon cher ami, de grâce, venez à mon aide, ces foutus Américains de merde me sont sur le poil et me menacent de tous les maux ! Ils veulent qu'on récupère leur valise à tout prix et immédiatement.

— Ça va venir, ne vous tracassez pas. S'ils rouscaillent trop fort, envoyez-les rebondir en leur disant qu'après tout ils avaient qu'à ne pas se la laisser piquer comme des enfants de chœur se font piquer leur porte-monnaie par une pute !

— Vous avancez ?

— Des deux pieds à la fois, mon bon !

— Vous pensez obtenir un résultat avant longtemps ?

— Bien avant longtemps, dormez tranquille !

Je raccroche.

— En route, Gros. Tu as ton matériel ?

Il palpe plusieurs étages de poches, procède à une rapide check-list *mezza-voce*, et me rassure d'un mouvement de bajoues qui imite le bruit des canards touillant la vase.

— Alors, en route !

— Eh là ! Pas si vite, messieurs ! Pas si vite ! s'écrie Achille en sortant du studio où il était allé faire un petit coup de rebelote à sa dulcinée défraîchie. Pas si vite, messieurs : j'en suis !

Parfait ! Du moment que M. de Tréville désire se joindre à ses mousquetaires, faut pas qu'y s'gêne.

*
* *

Lefangeux, de loin, tu dirais qu'il est en train de pécher la truite de torrent. La manière qu'il a de se tenir contre un mur, l'œil braqué sur l'intérieur du restau. Je l'imagine, acagnardé de la sorte à quelque saule plus ou moins chialeur, guignant les ébats d'une saumonée dans l'eau limpide.

Il ne sourcille pas en nous voyant déhotter.

Je cherche Jean Lurette et finis par le découvrir, mâchant son caoutchouc au volant d'une Mini plus pourrie que sa mère. Me reste plus qu'à attendre le mignon fourgon réclamé en haut lieu. Justement, ce jour étant harmonieux comme du Mozart, le voici qui se pointe, drivé par le brigadier Poilala, fait très exceptionnel car Poilala sert d'huissier au dirluche.

Il m'adresse un grand signe, ce con ! A demi défenestré. Et il est en uniforme, pour couronner !

— Où me mets-je-t-il ? s'écrie l'éminent fonctionnaire.

Je bondis.

— Pourquoi ne vous faites-vous pas précéder d'une escorte de motards et n'avez-vous pas une sirène et un gyrophare ?

Il bredouille.

— Mais, m'sieur le commissaire, m'sieur le directeur m'a pas causé de ça.

— Alors ôtez votre képi et votre veste, tenez-vous en double file à dix mètres de là, et attendez que nous sortions de ce restaurant en compagnie d'un bath quatuor à cordes (à nœuds) !

— A v's'ord', m's' l'com's'r ! répond-il d'un ton piteux comme le pet d'un diarrhétique[1].

Pardon d'employer si complaisamment le mot pet, mais il est dans le vent.

— Achille, fais-je au Vieux, vous qui êtes la classe personnifiée, entrez le premier et demandez au maître d'hôtel une table pour quatre. Faites-le à la cantonade, comme si vous étiez dur d'oreille afin que nos petits protégés ne se doutent de rien. Vous vous assoirez face à l'entrée. Je pénétrerai quelques minutes plus tard en compagnie de Béru et du petit Jeannot. Vous vous écrierez bien fort « Ah ! les voilà ! », en hôte ravi d'accueillir ses invités. Vous vous lèverez pour vous avancer à notre rencontre. Et alors nous bondirons tous quatre vers la table des malfrats.

— A vos ordres, commissaire ! répond mon ancien patron, subjugué.

Il ajuste son feutre, tire sur ses manchettes et pénètre dans le restaurant.

1. Le mot n'existait pas avant moi. Il y avait bien diarrhéique, mais c'était un malheureux adjectif pour noces et banquets. Puisqu'on tolère hépatique dans le sens de « personne souffrant du foie », le mot n'est au demeurant qu'adjectif, lui aussi ; pourquoi ne créerais-je pas « diarrhétique » hein ? Excusez-moi de te faire chier avec ça, mais faut bien que, de temps à autre, je me justifie aux yeux des lettrés.

S-A ?

CHAPITRE XVIII

CASTAGNE

— Ah ! les voilà !

Un vers de quatre pieds.

Mais comme il est bien lancé !

Que de grâce exquise ! Que de mondanisme spontané ! On sent l'homme de race, à son aise partout.

Achille s'est levé. Sa rosette rougeoie comme un catadioptre (ou cataphote, si tu préfères) de bicyclette. Moi, ce qui me déciderait à accepter ce mignon trou du cul bien plissé soleil, c'est justement son côté pratique. En le trempant dans un produit fluorescent, je serais paré pour rentrer chez moi, la nuit. Mais tout compte fait, j'aime mieux une lampe électrique.

La salle où nous venons de pénétrer est rectangulaire. Les quatre videurs de coffiots sont assis près de la lourde, contre le grand bac à plantes vertes revêtu d'acajou en Formica pour faire tout plein élégant. Ils ont achevé les hors-d'œuvre. La table dévolue au Vioque se trouve à l'autre extrémité, non loin des chiches.

J'attends un peu qu'Achille nous rejoigne. Et alors, voilà qu'un incident à la noix se produit. L'un des quatre hommes (ce doit être Robert-le-Pieux) se lève pour aller téléphoner ; il le dit à mi-voix à ses potes.

Je fais un rapide tour de la situasse. Si on cueille les trois autres, le mec profitera de la distance qui le sépare de nous pour se livrer peut-être à un méchant rodéo. J'ai pas envie qu'il chique à la prise d'otages, cézigue. Se voyant acculé, il est tout à fait chiche de se rabattre sur ce moyen extrême.

Qui sait s'il ne défouraillera pas sur nous ?

Les autres convives, des gens de bonne condition, comme on dit dans les romans bourgeois, clapent en discutant ceci cela : qu'ils ont bouffé chez Bocuse, chez Chapel, tout ça ; vu jouer *Recrache pas, c'est tout bon* au théâtre d'Edgar ; changé leur automobile borgne contre une aveugle ; et ces salauds de Japonais qu'en finissent pas d'expanser du produit manufacturé, et tu trouves pas que Tonton a l'air malade depuis qu'on l'amidonne ? Des monceaux de conneries inutiles, pour se faire croire qu'ils sont vivants. Se persuader que c'est pour toujours. Que seuls les autres crèvent, bien fait pour leurs gueules !

Mes hommes attendent.

Je souffle à Béru :

— Va emballer le gonzier qui s'éloigne. Que ce soit instantané !

Sa Majesté s'exclame à la cantonale, qu'ouf, elle meurt de faim, le temps d'aller faire pleurer le gosse et on va voir ce qu'il est capable de décrasser.

— Prenez le Jockey ! intimé-je au Viocard. Lurette, tu te fais l'autre petit mec, moi je me charge de Pedro.

Le roulement des converses, le bruit des couverts et des mandibules composent un brouhaha mesuré. Ça sent bon la bouffe à point. Juste à ma droite, un couple se paie un sauté de veau qui ferait saliver un quintal de farine. Les carottes minuscules, dorées à point, m'obnubilent.

— Vous avez trouvé de la place facilement ? demande Achille pour meubler.

Je rétorque que ce quartier n'est pas encore trop maudit et qu'en mordant sur les clous on parvient à faire son trou.

Là-bas, le Gros vient d'appuyer quelque chose dans le dossard de Robert-le-Pieux. Les deux hommes disparaissent dans le local des toilettes.

A nous de jouer, baronne !

C'est toujours un moment émouvant que celui de « l'interpellation ». On ne sait jamais comment va réagir le clille. Souvent, l'effet de surprise lui coupe la chique et il se laisse emballer sans résistance. Tu peux en faire un paquet-cadeau à ta convenance, il est docile comme un agneau de lait. D'autres fois, c'est juste le contraire qui se produit. Le voilà tout à coup au paroxysme de la rogne, soucieux de préserver sa liberté chérie à coups de flingue ou de n'importe quoi. Entre ces deux extrêmes, tu as le gars qui réagit et « tente quelque chose », puis qui comprend que c'est scié et alors qui se soumet. A vue de pif, je situerais le trio dans cette troisième catégorie. J'attends une rebiffade de pure forme, parce qu'ils sont trois et qu'ils auront à cœur de ne pas baisser les ailerons sans réagir, par respect humain. Mais ils joueront « calmos » dès qu'on leur montrera nos engins guerriers.

Alors bon, on se pointe. Et ce qui se passe est très gondolant. Comme depuis un bout de moment, ils ont vu le Vieux et ses manières exquises de palabrer alentour, ils pigent pas tout de suite que nous sommes des archers de Sa Majesté la République.

— Pardon d'interrompre votre repas, messieurs, je leur dis.

— Croyez que nous en sommes navrés, ajoute Achille.

Ces moules à gaufre nous défriment comme si on venait quêter pour les inondés de la butte Montmartre ; simplement on leur pompe un peu l'air. C'est quand ils voient briller l'acier des poucettes qu'ils pigent. Et alors, c'est franchement bioutifoule. Le Jockey réagit le premier en se coulant sous la table, presque instantanément. Il se déplace en l'utilisant comme carapace, parcourant près d'un mètre ainsi, puis se relève en la faisant basculer. Vraoum ! Qu'ensuite il fonce à la lourde ! Du coup, Lurette se jette à sa poursuite, bien que je l'eusse affecté à l'arrestation du second maigrichon. Lequel saute, tel un footballeur devant la cage adverse, pour essayer de concrétiser un corner bien tiré. Et chlooop ! il télescope la frime d'Achille. Messire le Vioque se met à raisiner du tarin et ne sait plus ce qu'il y cherche. C'est pas un homme de terrain, le Dabe, faut comprendre. Les généraux ne savent pas se servir d'une mitrailleuse, ni les P.-D.G. d'une truelle.

Y a que mon gars Pedro qui tente de me boxer. Une manchette sur la pomme d'Adam et il va retrouver Eve sur le plancher. Je te passe le tohu-bohu qui s'ensuit. Les convives qui s'arrêtent de claper pour suivre le western. Le taulier qui largue ses fourneaux en hurlant « Allez vous chicorner plus loin, tas de voyous ! » Les loufiats ravis, prêts à balancer de la vaisselle en loucedé, histoire de faire chier les patrons, des fois qu'ils en crèveraient d'une crise cardiaque ces deux gros salopards de merde qui leur font bouffer des restes innommables.

Le freluquet belliqueux gagne la sortie, alors il se passe un truc formide. Une chaise traverse la salle de bout en bout. Oh ! la belle bleue ! C'est Béru qui ressort des chiches avec son client entravé et qui, comprenant qu'un des gus les met, interrompt sa fuite. La chaise chope le minus à la nuque. Il pousse un cri et bascule en avant. Ce faisant, il plonge sur une dame attablée, la renverse, elle tente de se retenir à la nappe, mais la nappe vient à elle avec son chargement de béarnaise, ses frites, sa côte de bœuf. La grognace déguste la bidoche brillante dans le décolleté, là que pendeloquent ses *must* et ses nichons dégonflés. Elle hurle comme si on lui fourrait un tisonnier incandescent dans le fourreau à thermomètre.

J'interviens avec les menottes du Vieux. Clic-clac. Bon : où en sommes-t-il ? Mission remplie aux trois quarts. Où est le Jockey ?

Je fonce dans la *street*. Y a un attroupement.

C'est plein de monde qui veulent lyncher le brigadier Poilala, biscotte cézigue, en voyant débouler l'ancien échineur de bidets coursé par Lurette, a eu la belle géniale idée de démarrer sec son fourgon et de catapulter le fuyard. Maintenant, le Jockey gît sur le paveton et tel que ça se présente, je me demande s'il aurait pas deux ou trois colonnes vertébrales cassées.

Ça échauffoure plein tube. Il en radine de partout ; le peuple souverain s'avance, belliqueux, nous faire notre fête. Il en a sa claque de nos bavures !

La grande asperge de Lefangeux, heureusement, restée à guet, calme les émeutiers comme quoi il a tout vu. Un vrai nid de gangsters. Le petit homme en fuite lui a tiré dessus ! Il montre un trou à sa veste de pêche, produit par le barbelé d'une clôture lors d'une équipée truitière. Du coup, les esprits se calment.

Je fais embarquer ma prise dans le fourgon. Le restaurateur me prend alors à partie, dites et qui est-ce qui va payer les pots cassés ? Le discrédit ?

Je le chope par le bouton du haut de sa veste blanche.

— Ecrasez, je gronde. Quand on a un restaurant qui sert de repaire à la pègre, on s'abstient de la ramener. Si l'affaire sort à la une des baveux, votre cabane affichera relâche.

Il la boucle illico.

Je lui glisse dans la poche son bouton qui m'est resté entre les doigts.

CHAPITRE XIX

UN REVENANT

— Je suis content d'avoir mené cette opération à bien, déclare le Vieux dont le blair ressemble à un poivron rouge.

On le visionne avec des carreaux bourrés d'incrédulité. Alors lui, il pleure pas la honte ! Ce vieux crâne s'en fait mettre plein le portrait et voilà qu'il plastronne comme s'il avait gagné la bataille de Verdun à lui tout seul !

Il poursuit :

— Du doigté, messieurs, de la promptitude. Energie et célérité !

Bon, on le laisse se parer des plumes de la Grande Duduche. L'andropause qui le taquine, Achille. Il se croit toujours chef de gare, alors il prend son train électrique au sérieux, faut être indulgent.

Nous sommes regroupés autour d'une choucroute tellement garnie qu'elle disparaît sous un himalaya de cochonneries. Béru clape en force, sans attendre personne. Pinaud, qui nous a rejoints, a préféré un poireau vinaigrette. Le Dabe fait mille grâces avec son couvert, que tu le prendrais pour le chef du protocole donnant une leçon aux habitants de l'Elysée.

Nous avons largué le pauvre Bout-de-Zan à Cusco.

Après quoi j'ai conduit le trio, tu sais où ? A la morgue !

Ils pigeaient pas l'objet de la promenade, les gars. Tu les aurais vus, menottes aux poignets, en demi-cercle devant le casier de Prince. Ils se demandaient où je voulais en venir, le pourquoi du comment du chose. Ils étaient tellement intrigués qu'ils ne mouftaient pas.

Le préposé a ouvert la petite lourde épaisse, puis halé le chariot sur glissière. Les messieurs ont découvert Flavien Prince, raide comme barre, livide sous son brunissage, avec des lèvres toutes bleues.

L'un d'eux a dit :

— Oh merde !

Les deux autres se sont contentés de claquer des chailles.

— Voilà le boulot, je leur ai dit. Ça tourne mal, votre croisière à la salle des coffres de la G.D.B., non ? Vous vous êtes mis à quatre pour liquider monsieur, ou bien c'est l'initiative d'un seul ?

Alors là, ça s'est mis à jacasser vilain. Ils causaient tous à la fois. Et je voyais bien à leur comportement et à leurs mines qu'ils étaient pour rien dans la mort du « cerveau ». Que ça leur échappait complètement. Que c'était la question subsidiaire, imprévue. Une belle unanimité dans la dénégation, un chœur russe dans les protestations. Non, non, pas de ça, Lisette. C'étaient des arcans de la chourave, mais eux, jamais de crime de sang. A preuve, ils n'étaient pas chargés le moindre au moment de leur arrestation. Et on pouvait fouiller à mort chez eux, excepté un Opinel, voire un tournevis, on n'y trouverait pas d'armes. Leur style c'était le cassement, l'engourdissement sans douleur.

Devant la carcasse du cerveau (si je puis ainsi m'exprimer), ils ont cassé le morcif. Tout, complet, en détail. Le coup mijoté par le beau Flavien, la manière qu'il a recruté les joyeux drilles. La période d'entraînement dans des cheminées plus peinardes.

Le treuil sur le toit, manœuvré par Pedro et Prince tandis que les trois maigrichons se faufilaient dans le conduit d'aération. Le système de phonie pour garder le contact. Puis la zone de sécurité à la banque. C'était l'Ongulé qui déponnait les tirelires avec son matériel haut de gamme. Robert-le-Pieux faisait le tri, Bout-de-Zan enfournait la camouze sélectionnée dans la nacelle de plastique servant à l'évacuer. Du travail parfait, propre, méticuleux, dont ils étaient fiers. Flavien avait dressé un plan de la partie explorable d'une exactitude rigoureuse. Des vrais pros, quoi.

— Bon, alors, le fourgue ? Qui est-ce ? me suis-je enquis.

Tout comme Marie-Anne, ils ignoraient son blaze. Prince avait prévenu que les coups superbes reposent sur la discrétion. Il a partagé la fraîche et le jonc, leur a dressé en toute honnêteté un bilan de ce qui devait être lavé par un spécialiste et leur a promis de les tenir au courant des proposes qui seraient faites. Le marché ne serait accepté qu'avec l'assentiment de tous, ou du moins de la majorité absolue.

Ils attendaient donc.

Bon, et puis voilà…

En ce qui concerne la valoche, elle faisait partie du lot à proposer. Ces bocaux ne leur disaient rien qui vaille. Pourtant ils se disaient que si on les avait enfermés dans un coffre de banque, c'était parce qu'ils représentaient une valeur quelconque, fatalement.

Les aveux passés, on a encagé ce petit monde à la Grande Volière. Puis on est venus se taper une choucroute réparatrice hautement méritée dans une brasserie réputée de la porte Saint-Martin.

L'alsace est fruité, bien frais. La conversation du Vieux nous plume un peu le dessous des testicules, mais quoi, faut savoir subir les ancêtres en priant Dieu pour qu'Il nous accorde d'atteindre un jour leur âge.

— Selon vous, patron, me demande Lefangeux, qui a bousillé le Cerveau ?

— Pas l'un de ces pieds nickelés, en tout cas. Ce sont des orfèvres, pas des équarrisseurs.

A cet instant, le loufiat en gilet noir, saboulé façon jadis, que même il a une baffie à la Maupassant, vient demander si M. Santantonio figurerait pas dans notre honorable société.

Intrigué, je me désigne.

— Téléphone ! il raconte longuement.

Bon, je quitte la sainte table pour gagner les chiottes, puisqu'on a pris l'habitude de faire voisiner les cagoinsses et le turlu, de manière à bien renifler la merde en parlant d'amour ou d'affaires.

C'est Mathias.

— Comment sais-tu que nous sommes ici ? m'étonné-je.

— J'ai appelé à la maison mère, monsieur le commissaire, le brigadier Poilala vous a entendu suggérer d'aller manger une choucroute et comme je sais que vous aimez celle de la *Brasserie Bibine*…

— Du nouveau ?

— « Il » a rappelé.

— Le gars qui prétend nous vendre la valise ?

— Lui-même, j'ai tout de suite reconnu sa voix. Il a

réclamé M. Jérôme Mazo. Je lui ai répondu que vous étiez sorti, il m'a dit de vous joindre d'urgence pour vous informer qu'il était d'accord pour trois unités à condition que l'affaire se traite aujourd'hui même car il quitte la France et demain il sera trop tard.

— Où faut-il le contacter ?

— Il va appeler toutes les heures jusqu'à ce qu'il vous obtienne.

— Quand il retéléphonera, dis-lui que c'est d'accord et demande-lui où il veut que nous régularisions les choses.

— Je suppose qu'il exigera de vous parler directement.

— Pas sûr, il a bien commencé à discuter avec toi ?

— C'est vrai.

— De toute manière, j'arrive.

Les visages de mes camarades commencent à se colorer, exception faite de celui de Pinuche qui prend la teinte de son poireau.

Je narre à la fine équipe ce qui se passe. L'excitation devient générale.

— Vous comptez verser les trois millions ? demande Lurette.

— Où veux-tu que je les prenne ?

— Alors on les saute au moment de l'échange ?

— Je ne vois pas d'autre solution.

— Il serait bon que je me charge des transactions, décrète Achille en tirant sur ses manchettes où luisent des saphirs plus gros et moins bleus que ses yeux.

— Bouffez vot' choucroute, Ache, et faites-vous pas d'souci ! grommelle Sa Majesté, laquelle enfourne une pomme de terre entière après l'avoir drapée dans une barde de lard.

— Si je puis me permettre de donner mon avis, bêle le liliacéphage, je trouve que ça cache quelque chose.

J'ai toujours été sensible à l'opinion du Fossile. C'est un être réfléchi, sachant manier le bon sens comme moi la fermeture-Eclair de ma braguette.

Une ravissante dame au cul causeur passe devant notre table, ramenant le silence. Elle va déposer ça sur une banquette inepte, nous rendant du même coup l'usage de la parole.

— Ça cacherait quoi ? bougonne Bérurier après un coup de glotte extravagant qui lui détubercule le clapoir.

— Ce type qui prétend transiger pourvu que l'affaire se conclue vite me paraît peu sérieux.

A moi aussi, ce coup de fil produit un effet bizarre. A croire qu'il s'est passé quelque chose d'imprévu chez les détenteurs de la valdingue.

— Je file, attendez de mes nouvelles ici, surtout ne rabattez pas au P.C. pour le cas où ils surveilleraient notre « laboratoire ».

— Je vous accompagne ! décide péremptoirement le Vieux qui ne peut se décider à jouer les cinquièmes roues de carrosse.

Après tout, si ça lui fait plaisir…

Il pose sa serviette, lisse sa calvitie et se dresse. Sa décarrade ne déplaît pas à mes sbires, lesquels se sentent plus relaxes sans lui. D'ailleurs, Béru n'attend pas que nous soyons sortis pour exprimer à haute voix son soulagement.

— Bon vent, mon pote ! clame son organe caverneux ; faut savoir séparer le bon grain de l'ivresse. Notez qu'cézigus, c'est pas l'mauvais bougre ; mais c'qu'il a c'est qu'il s'croye toujours en train d'dire la messe à la Madeleine.

CHAPITRE XX

LES TRUBLIONS

Ils étaient quatre aux carrures terribles, a écrit le vieux Totor. C'était dans quoi ? *Les Travailleurs de la Mer*, p't'être bien ?

Là, ils ne sont que trois, mais pour ce qui est de la carrure, tu permets !

Oh ! dis donc, je sais pas s'ils réussissent à se fringuer en confection, si oui, faudrait qu'ils me donnent l'adresse du magasin pour le cas où j'aurais un jour un cheval à habiller.

Y en a un qui devait être asiatique voilà deux trois générations, because ses pommettes saillantes et son regard en code. L'autre, il est *made in Ireland*, espère : blondasse, brique, carré, avec le regard au beau-frère à Maître Killian, çui qui a mis au point la bière rousse. Le troisième, un intrépide, laririette laririette, trimbale cent trente kilogrammes de bidoche homologuée. Probablement ancien champion de Baise-Paule, dirait Béru. Les paupières comme quatre crapauds en train de faire une partouze ; pour lire, il doit utiliser le braille ou une canne blanche, je vois pas autrement.

Ils se tiennent dans le bureau, vertigineux comme les falaises d'Etretat, en ayant l'air de vouloir tout pulvériser, mais sans trop savoir s'ils doivent débuter par moi ou par le mobilier.

C'est l'ancien Asiatique qui prend la parole.

— Commission *Rockett Verte*, annonce-t-il. Le directeur de la Police vous a prévenus ?

Merde, les Ricains ! Fumier de dirluche qui me les branche, juste au moment où on s'apprête à jouer les brèmes les plus délicates de cette partie.

— Un instant, *please*, je fais d'un air sentencieux. Asseyez-vous.

Le Vieux se croit obligé de tartiner leurs triscottes à la crème de blabla truffée. Je veux pas médire d'Achille, mais son anglais ne vaut pas celui de Lady Di. Ajoutes-y son emphase, ses susurrations de buveur de thé du seizième arrondissement ou du dix-septième et tu comprendras pourquoi la Commission Rockett verte l'écoute, sourcils froncés, avec des airs de se demander si Achille lui interprète un remake de E.T., *le Naufragé de l'Espace*.

Je mets à profit pour appeler le Rubicond.

— Dites donc, je l'aboie, ça veut dire quoi, ces trois joueurs de roller-ball dans mon bureau ?

Il se paie de courage.

— Il le fallait, San-Antonio. Essayez de comprendre ! Ils me faisaient une telle vie que j'ai dû…

— Bougre de dégonflé !

Si je pouvais lui enquiller le combiné dans les cages à miel, je le ferais. Mon intention doit lui être perceptible à la manière sursauvage dont je raccroche.

L'ancien Chinois balaie soudain Achille d'un revers. Il porte un long pardingue à carreaux qui le fait ressembler au sol d'une salle de bains mis à la verticale.

— Ta gueule ! dit-il brutalement au Vieux et en américain, c'est plus impressionnant qu'en alexandrins ; plus bref aussi.

Il contourne mon bureau, prend place sur le coin du meuble et pose effrontément sa chaussure de pointure 47 sur l'accoudoir de mon fauteuil.

— On veut la valise ! déclare-t-il.

— Ecoutez, fais-je, je suis le seul Parisien qui déteste les westerns. Quand on en passe un à la télé, je préfère regarder un débat avec Georges Marchais ; alors ôtez votre godasse merdeuse de ce fauteuil et cessez de jouer *Fort Apache*.

— *What !* il gronde.

Et c'est pas de l'ampoule électrique qu'il est question, sinon il aurait prononcé « *watt* ».

D'un geste brusque, je recule mon siège. Son pied choit dans le vide, ce qui le fait basculer en avant. S'il était moins souple, il s'affalerait sur la moquette et ce ne serait pas triste.

— Dites donc, vous ! il aboie en serrant les poings, ce qui n'est pas incompatible.

J'attends une suite qu'il renonce à proférer et lui désigne les sièges répartis dans la région réservée aux visiteurs.

— Coucouche panier, mec ! Pour les exhibitions de force, faut s'adresser à la Foire du Trône !

Il n'entrave pas la moitié de ce que je lui crache, mais le dixième suffit. Dompté, le descendant du Céleste Empire rejoint ses potes.

— Bon, je leur fais-je : la valise. On vous l'a récupérée, vous le savez. Malheureusement…

— C'est le « malheureusement » qui nous déplaît, glapit la tronche cubique irlandoche. Cette putain de valise, vous deviez la garder à notre disposition en vous entourant de cent mille précautions !

J'enrogne et le lui montre.

— Dites, mister Tronche-de-Chaudron, qui a commencé par se la laisser baiser, cette saloperie de valise, les Français ou les Ricains ?

Ça lui cloue un tantisoit le bec, pourtant, son pote aux paupières crapoteuses la ramène à son tour.

— L'affaire nous paraît douteuse. Si on rentre aux States en racontant vos salades à nos chefs, y aura des retombées à n'en plus finir et ça risque de se coincer vachement entre nos deux Présidents.

— Eh ben, ça se coincera, mon Gros. C'est pas la première fois que nos deux illustres peuples se feront la gueule. Cela dit, nous sommes sur la piste de votre valise et il se pourrait fortement qu'on la retrouve à nouveau. En attendant, vous allez me lâcher les baskets et visiter Paris ; c'est plein de merveilleux restaurants et de jolies mademoiselles qui n'attendent que vos dollars. Laissez-moi votre adresse, je vous préviendrai quand l'heureux dénouement se produira !

Les trois monolithes ne bronchent pas.

— On a téléphoné à Washington, déclare le Chinois dévalué : nous avons ordre de vous assister.

Je me tourne vers Achille.

— Vous savez, boss (le terme m'a échappé, force d'une vieille mais tenace habitude), je sens que l'entrevue va dégénérer et qu'un ou deux de nous cinq va voltiger sur les Champs-Elysées par cette baie, sans même qu'on se donne la peine de l'ouvrir !

Talleyrand à ses heures, le dabuche !

— Laissez-moi faire, dit-il, je vais leur trouver une

occupation de diversion, cessez de les asticoter et ayez l'air d'entrer dans leurs vues.

Je bougonne :

— Quel genre d'occupation ?

— Je connais une personne sympathique, formée à la dure école de Mme Claude, qui va nous envoyer de la main-d'œuvre experte. Ces trois taureaux ne sont tout de même pas des bœufs, j'espère.

Là-dessus, le biniou grésille.

Je décroche.

— *Ecce homo*, m'annonce sobrement Mathias qui parle le sanscrit couramment.

— O.K., je prends.

Le voyant lumineux de mon poste s'éclaire. La voix qui m'a déjà titillé le tympan se pose dans mon entonnoir à sottises comme une libellule au cœur d'un lys.

— Alors, où en sommes-nous ? demande-t-elle.

— On se prépare ! réponds-je laconiquement.

— Vos préparatifs, je m'en torche, c'est que *vous soyez prêt* qui nous intéresse.

J'enregistre le « nous », encore qu'il ne veuille pas signifier grand-chose.

— Je vais l'être.

— On vous a prévenu, Jérôme, que tout doit être réglé aujourd'hui ?

Sa familiarité voulue, un peu crasse, me fait soudain tressaillir. Je crois reconnaître la voix. Il me semble l'entendre proférer avec humeur cette noble sentence : « l'heure, c'est l'heure ! ». Je me mets à l'attribuer au gros gusman en peignoir qui attendait la sortie de Prince de la cabine à UV. Elle colle parfaitement, crois-je. Peut-être que je m'offre des berlues ?

— Oui, oui, je sais. Tout peut l'être ! réponds-je.

— Trois unités ?

— Comme au théâtre.

Il ne comprend pas l'astuce, mon lecteur non plus, mais ça importe peu, somme toute, si tu songes que dans quatre-vingt-quatorze ans personne n'y pensera plus.

— A partir de quelle heure serez-vous en mesure de… concrétiser ?

— On dit seize heures ?

— Banco.

— Mais où ?

— On vous le fera savoir, attendez près du téléphone. Pas d'arnaque, évidemment, sinon les bocaux seront en miettes.

Il raccroche. Les trois Ricains attendent. Le Vieux m'adresse un sourire entendu.

— Ça biche ?

— Faut voir. Tout ça me paraît trop simple.

Il passe commande à la dame pourvoyeuse de sensations tarifées qui promet pour illico un commando d'amazones. Elle crèche boulevard de Courcelles, c'est-à-dire à cinq minutes de là.

Je tube à la *Brasserie Bibine* pour alerter la fine équipe.

— Rabattez sur les Champs-Zé et tenez-vous prêts, les éclaireurs de France ! enjoins-je à Lurette. Répartissez-vous dans deux tires et gardez le contact par talkie-walkie. Je veux une bagnole avenue George-V, nez sur nous. Une autre sur les Champs, face à l'Etoile. Surtout arrêtez de vous poivrer les naseaux, j'entends gueuler le Gros depuis ici ! Exécution !

Je raccroche, regarde ma tocante.

— Achille, soupiré-je, dans une demi-heure vous

allez quitter ce bureau, muni d'une grande serviette ou, mieux, d'une sacoche. Vous vous rendrez à la succursale de la G.D.B. située avenue de la Grande-Armée. Là, excipant de votre prestigieuse personnalité vous demanderez à parler au fondé de pouvoir. En cas d'absence du bonhomme, demandez un autre chef de la banque. Que cet entretien dure un quart d'heure. Parlez-lui de ce que vous voudrez, de placements par exemple. Ensuite, revenez ici à pied, ce n'est pas trop vous demander ?

— Du tout, mon cher ; mais j'avoue ne pas bien comprendre la finalité de cette petite manœuvre.

— Elle a pour but de conforter l'adversaire sur la pureté de nos intentions, boss. Au cas où il nous observe, il faut qu'il croie que nous allons bel et bien chercher la rançon.

— Pas mal, admet le Vénérable ; pas mal du tout.

L'arrivée de son trio de pouffes met fin à ses compliments. Joli lot à emporter (au plumard). Rousse, brune, blonde. Les trois évêchés ! Saboulées pour la guerre (en dentelles). Tu croirais des dames du monde, et pas du demi (bien tiré). Elles se pointent dans le burlingue. Nous les débarrassons de leurs manteaux. Les trois Ricains contemplent avec des yeux comme des portes de grange. Je fais mine de ne plus m'occuper d'eux et je prie les chères petites arrivantes d'agir pareillement. On démarre une séance de lutinage *very* fantastique, Achille et moi. On a tout soudain dix fois plus de paluches que bouddha et elles vadrouillent de partout sur les formes des jolies jeunes filles.

Nos amis d'Outre-Atlantique, comme on dit dans les revues spécialisées, congestionnent à toute vibure. Tu les croirais atteints de couperose effervescente.

D'autant que les chéries délurent vachement. Y en a une (la blonde) qui m'a déjà dégoupillé la trappe de vidange pour me turluter le déberlingueur de fermière. Elle a eu l'excellente idée, avant de s'agenouiller, de remonter sa juperie. Elle porte des bas noirs, avec jarretelles mauves, siouplaît, des bottes vernies noires et tu ne peux pas savoir le combien c'est poétique, cette vision ; bien plus bathouze qu'un coucher de soleil sur les Monts Grampians ou que le portrait de M. Helmut Kohl, le chandelier d'Allemagne.

Achille, lui, toujours fringant, a étalé la brune sur le burlingue et la déguste kif un entremets franco-russe, en ponctuant d'une légère tyrolienne de politesse, cependant que la rouquine, flambante comme le drapeau malawien, attise les passions d'à la ronde en se fourbissant le clapet de sécurité à l'aide de deux doigts joints (son médius et son annulaire me semble-t-il) qu'elle n'aurait qu'à s'introduire dans la bouche pour lancer un coup de sifflet à la voyou.

Cette mini-scène orgiaque, t'as beau être amerloque, je te mets au défi d'y résister. La tronche carrée la première saute le pas en décapsulant son futiau pour présenter à la dame rouquine un appareillage touristique qui ferait hausser les épaules à mon charcutier. Qu'ensuite, l'Asiatique dégénéré dégage les régions sud, à son tour pour entrer dans ce grand concert des nations. Y a que le tout gros qui demeure barricadé dans son slip, violet mais stoïque, et des fois qu'il connaît des problos avec miss Zézette, ça arrive fréquemment chez les obèses. Ils sont mahousses comme des baleines et leurs génitoires tiennent dans un verre à liqueur. Bon, pour te dire que ça part dru.

Bientôt, je fais signe au Dabe. Il aperçoit mon geste

à travers les broussailles de sa brune, lui dégage le compartiment fumeur, essuie avec grâce ses lèvres avec sa pochette de soie et quitte le bureau sur mes talons.

Avant de partir, j'ai chuchoté à la rouquine qu'elle et ses potesses doivent faire durer le plaisir des Ricains. Alors, ouf !

Avant que le Vioque ne s'en aille, sa coquette sacoche en peau de viande à l'épaule, je contacte mes équipiers. Ils répondent présent. Banco, ils se trouvent en poste.

— Achille va sortir d'ici et se rendre à l'agence Grande-Armée de la G.D.B., vous me le filochez de près. S'il y a un os en cours de route : intervention immédiate.

Pépère, qui a entendu, prend un cachou pour se refaire un palais et me demande ce que je redoute.

— Que nous soyons observés par les détenteurs de la valise, dis-je. Ils espèrent une rançon. Vous voyant gagner la banque et disparaître dans le bureau du fondé de pouvoir ou dans celui de son adjoint, ils croiront que vous allez chercher l'argent. Dès lors, leur intérêt consistera à vous détrousser au retour. Ainsi, pas de remise de rançon dangereuse pour eux.

Le surglacé de la rotonde sourit finement.

— C'est bien ce que je pensais, déclare-t-il.

Dans le bureau, la fiesta trouve sa vitesse de croisière. Ces messieurs se goinfrent le godemuche. Y en a un, l'Irlandais, crois-je, qui annonce comme ça qu'*it is very good*.

Tant mieux. J'aime qu'on apprécie les produits français !

CHAPITRE XXI

V'LÀ LES DURS

— Quelque chose me dit que nous allons avoir du nouveau sous peu, murmura Boris.

Stevena hocha la tête pour marquer son approbation. Conformément aux instructions reçues de Vienne, les deux hommes étaient restés en France et surveillaient l'équipe de flics aux activités marginales. « L'Organisation » avait mis à leur disposition une demi-douzaine de véhicules, allant de la vieille voiture sport à la fourgonnette commerciale. Ceux-ci étaient stationnés dans Paris en des points dont les deux hommes possédaient le relevé sur plan ; ils pouvaient ainsi changer d'auto fréquemment, au gré de leurs déplacements. Il leur arrivait de se dédoubler pour filer simultanément celui qui paraissait être le chef de cet étrange commando et l'un de ses hommes.

Boris pilotait présentement une Renault 19 de couleur bleue dont une aile était cabossée. L'auto possédait un moteur gonflé et piquait, en cas de nécessité, des démarrages vertigineux.

— Je suis de ton avis, finit par murmurer Stevena, ça chauffe. Toute l'équipe s'est mobilisée pour escorter le vieux beau à la banque. Je suppose qu'ils veulent le couvrir.

Boris sourit, hésita, puis alluma une abominable cigarette russe à embout de carton.

— Selon moi, dit-il, les types qui possèdent la valise ont réclamé une rançon au faux laboratoire, nos petits amis flics ont feint d'accepter. Le vieux type fait mine d'aller retirer du pognon et ses copains le filent parce qu'ils espèrent que leurs pilleurs de coffres intercepteront le magot au retour.

— Si c'est le cas, ça promet d'être juteux, plaisanta Stevena.

Il aimait l'action pour l'action et ignorait la peur, ce qui faisait toujours quelque peu frémir ses compagnons d'équipée. Sa témérité touchait à la folie et, parce que précisément il risquait chaque fois le tout pour le tout, il réussissait dans ses entreprises.

L'avenue de la Grande-Armée était grouillante. Il tombait une petite pluie grise qui paraissait visqueuse, bien qu'il fit encore jour, beaucoup de véhicules avaient allumé leurs phares.

Comme les deux hommes se tenaient en double file, ils écopaient de coups de klaxon impatientés de la part des conducteurs dont ils gênaient la circulation. Boris se contentait de leur adresser un petit signe d'impuissance, comme le fait un automobiliste en carafe ; d'ailleurs ses clignotants de détresse palpitaient au milieu du flot comme les feux d'une balise.

— Tu es paré ? demanda Stevena.

Boris tapota le pistolet mitrailleur placé, canon en bas, entre sa jambe gauche et la portière. Stevena pour sa part se mit à caresser la mitraillette étalée sur ses genoux, tant bien que mal dissimulée par les pans de son manteau de cuir râpé.

*
* *

Béru lâcha un louf mélodieux comme le freinage d'une rame de métro entrant dans une station. Pinaud, qui avait renoncé depuis des immémoriances à protester, se contenta de baisser un peu la vitre. Les trois lettres néoneuses de la banque s'éclairèrent soudain, et le jour parut reculer davantage. D'autres lumières naquirent. Paris commença à prendre ses quartiers nocturnes.

*
* *

— Tu crois à un coup fourré, toi ? demanda Lefangeux à Lurette.

Jeannot-le-Cradingue changea son chewing-gum de gencives.

— J'attends.

— Tu penses quoi des nouvelles méthodes à San-A. ? poursuivit le pêcheur (qui tirait à la ligne en parlant).

— Faut voir, répondit l'inspecteur Lurette.

Il décoinça sa couille gauche trop comprimée par son jean crasseux.

Lefangeux ne se laissa pas rebuter par le laconisme de son collègue.

— Je sais bien qu'il faut vivre avec son époque, mais si la Rousse commence à se morceler, si des équipes se constituent pour agir en francs-tireurs, ça risque de marquer une désagrégation générale qui…

— Laisse tomber, tu me les gonfles, soupira Lurette. Et si t'as des doutes sur le grand, retourne taquiner l'ablette. Avec Sana, c'est comme avec le Bon Dieu : on le sent ou on le sent pas. Quand on le sent pas, faut pas insister. Cela dit, y a longtemps que t'as pas changé de bottes ? Tu fouettes pis qu'un chalutier retour de Terre-Neuve.

Il retira sa gomme, la plaqua sous le tableau de bord et entreprit de déplier une nouvelle tablette genre Fraîcheur de Vivre. La pube afférente lui plaisait. Quand il entreprenait une gum neuve, il croyait sortir guéri d'un sanatorium.

A cet instant, le Vieux sortit de la G.D.B.

Sa sacoche était rebondie et il la serrait sous son bras, comme un jambecasseux sa béquille.

Il fit mine de chercher un taxi. A cette heure de la journée, il aurait eu plus de chance de trouver un dromadaire libre dans le quartier de l'Etoile.

De toute manière, il s'agissait d'un simulacre pour justifier qu'il retournât à pied au bureau. Le Vieux ajusta son feutre élégant. Il avait une manière surannée de le porter, légèrement incliné sur l'oreille droite. Sa démarche évoquait vaguement celle d'un militaire, tant elle était ferme et altière.

Il atteignit très rapidement la place des Deux Etoiles ou du De Gaulle, au choix. Pour rallier à pinces les Champs-Elysées, depuis l'avenue de la Grande-Armée qui constitue son prolongement au-delà de l'Arc de Triomphe, cela n'en finit pas, à cause des cinq avenues à traverser ; des feux toujours au rouge, des agents sifflards, du tumulte grondant de la circulation.

Achille atteignit la majestueuse avenue Foch, dite du bois. Il stoppa devant le passage clouté en compagnie d'une nonne de race noire, d'un gros mec flanqué d'un berger des Pyrénées, et de deux travelos déguisés en hommes qui s'en allaient prendre leur tour de pipe dans les fourrés indulgents du *wood of* Boulogne.

Tout ce petit monde se grouilla de traverser, protégé par un serge planté, les bras en croix.

Achille y allait sec du compas : une, deux, une, deux ! Au moment où il atteignait l'avenue Victor-Hugo, une motocyclette jaillit du flot mal contenu par le feu rouge et l'agent, et grimpa sur le trottoir. Deux hommes vêtus de cuir noir et casqués façon Rencontre du Troisième Type la chevauchaient. Celui qui se tenait sur le siège arrière avait un rasoir à la main. Avec une vélocité stupéfiante, il sectionna la bride de la sacoche que portait le Dabe.

*
* *

— Gaffe ! hurla Lurette.

Lefangeux avait vu. Malheureusement, un connard à mobylette pétaradante faisait du surplace devant lui. Il le poussa lentement avant de s'élancer. Le mobylettiste le traita d'enculé. Lefangeux ne se préoccupa pas de le détromper et braqua à droite pour s'élancer à son tour sur le trottoir.

Malheureusement, un kiosque à journaux barrait le passage. Il dut exécuter quelques rapides manœuvres avant de pouvoir réaliser son itinéraire.

Béru et Pinaud se trouvaient assez loin derrière, because un autobus à la con qui leur avait coupé la route avec autorité. Ils comprirent qu'il se passait quelque chose mais ils étaient coincés entre plusieurs véhicules.

Le Gros se mit à jurer avec des mots qu'il ne

Stevena avait relayé son coéquipier, et tenait le canon de sa mitraillette plaqué contre la nuque du voleur de sacoche.

La Renault bondit dans l'avenue Victor-Hugo. Ça sifflait éperdument derrière. Boris vit dans son rétroviseur qu'une bagnole les coursait, celle qu'occupaient les jeunes inspecteurs. Il mit toute la sauce, prit une rue à sens unique, évita de justesse une voiture, écrasa sans sourciller une vieille dame sourde qui ne s'entendit pas mourir, et fonça au hasard de son inspiration.

Au bout de quelques instants, il ne vit plus la voiture suiveuse.

:royait pas connaître, des mots effrayants qui lui venaient sans qu'il eût à les chercher.

*
* *

Le second motard arracha la sacoche d'un coup sec.

— *Go !* hurla-t-il à l'adresse (postale) de son compagnon.

La moto rugit comme douze fauves qui se seraient ait prendre la queue dans un broyeur.

Son pilote voulut descendre du trottoir, mais une balle perfora son casque et pulvérisa sa nuque. Il nourut avant que son engin fou se couchât et se mît à ourner sur l'asphalte comme un monstre d'acier en éroce agonie.

Une auto venait de stopper à la hauteur du bolide onvulsif. Un type basané en jaillit. Il tenait une nitraillette sous le bras, réglée sur le coup par coup. Il 'approcha du motard arrière, celui qui tenait la acoche et qui venait de se dégager tant bien que mal les ruades de la moto folle.

Il le braqua à bout portant.

— Monte ! enjoignit-il.

L'homme, étourdi par sa chute, devina l'ordre plus u'il ne le perçut. Il prit place à l'avant de la Renault. tevena monta à l'arrière…

Boris, qui couvrait l'opération depuis sa portière, irigea son pistolet sur le motard.

— Tes deux mains sur le tableau de bord. Si un de es cinq doigts cesse de le toucher, je te casse la tête !

L'autre obéit. Il était infiniment résigné. Comme il ensait avoir affaire à la police, il fut surpris par le émarrage forcené de l'auto.

CHAPITRE XXII

IL EST QUESTION DU PROF

Je ne sais pas pourquoi, quelque chose me reproche de n'être pas allé escorter le Dabe.

Quelque chose ou quelqu'un, va-t'en savoir…

Dans la pièce voisine, les trois Ricains sont en plein délire. Je suis prêt à te parier un tour de manège contre un tour de con qu'ils ne pensent plus à la valise, ces nœuds. La potesse du Vioque nous a dépêché son commando d'élite, d'après ce que j'ai pu voir et ce que j'entends. Les Trois Lancières du Bengale ! Des nières pareilles, rappelle-toi que ça fait du dégât dans une braguette !

Le talkie-walkie se met à grésiller.

On se grouille de cigogner le contacteur et d'annoncer qu'on écoute.

La voix dolente de Pinuche retentit :

— Antoine ?

— Oui, alors ?

— C'est la merde, mon pauvre grand.

Il est rare que le Débris use de termes vulgaires. C'est un monsieur poli, au langage châtié, qui répugne à puiser dans le rayon des gros mots.

Ça me flanque envie de gerber. J'aurais dû y aller moi-même à la banque, bon Dieu de bois ! Quelle sotte idée d'y avoir dépêché Achille, lequel n'est bon qu'à diriger, mais en aucun cas à exécuter.

— Vas-y, soupiré-je, j'écoute.

— Un fâcheux concours de circonstances dû aux impedimenta de la circulation…

— Oh ! merde, épargne-moi ton discours d'inauguration, César. Résume ! Je t'en supplie : résume !

Il me raconte ce que tu viens de lire à la troisième personne (forme d'expression tout à fait exceptionnelle chez moi) dans le chapitre précédent.

— Ils s'étaient divisés en deux groupes : l'un à moto, l'autre en voiture…

— Qui a buté le motard ?

— L'un des types de l'auto.

— Tu trouves normal qu'on bousille ses complices en cours d'action, toi ? Généralement, les règlements de compte ont lieu au moment des règlements de compte, précisément.

— Ben, dans un sens…

— Lefangeux et Lurette ?

— Ils sont à la poursuite des gars…

Donc, il me reste un espoir.

— Que faisons-nous ? demande la Pine.

— Allez au cinéma, paraît qu'il y a un nouveau Belmondo pas mal dans lequel c'est la police qui a le dessus.

Je coupe le jus.

Mathias quitte son burlingue de secrétaire et va décrocher son imper doublé avec de la fourrure synthétique qui imite le vison au point que tu la prends vraiment pour du lapin.

— Je file vite, annonce le Rouquemoute.

— Où donc, mon fils ?

— Ben, à la morgue. C'est là qu'on va emmener le cadavre du motard. Si nous n'avons plus de vivants à interroger, essayons au moins de faire parler les morts !

*
* *

Une demi-heure plus tard, les trois Ricains, accompagnés des trois frivoles, sortent du bureau, passablement contusionnés par les jeux de l'amour et du lézard. Ils me claquent le dos.

— Hello, baby, on va aller prendre un drink avec ces dames, vous nous accompagnez ?

— Non, sans façon, j'ai encore dix kilos de lentilles à trier pour le repas du soir.

— On est à l'*Hôtel Boxon*, m'avertit le Chinois déchiné, si vous avez du nouveau, prévenez-nous.

— Comptez sur moi !

Et bon, me voilà enfin seul. Ça déconne autour de moi. Reusement que j'ai du chou. Tout autre que monseigneur Bibi s'affolerait. Moi, que nenni, mon ami, je garde confiance. Je sais driver les événements, et quand ils me défèquent dessus, j'ouvre mon pébroque anti-merde. Si je te disais, l'autre jour, on me téléphone pour si je voudrais entrer chez les Goncourt. Tu parles si j'ai fait un saut d'escarpe, comme dit le Gravos. Tu acceptes dans un moment de faiblesse, histoire de pas vexer, et ensuite tu passes ta vie au téléphone à promettre le prix à tout ce qui tient une plume ou publie un imprimé quelconque. Souvent, je lis les médias qui daubent sur mes réfutés collègues. Ils se mettent pas à la place, ou alors ils sont jalminces. Ils veulent pas admettre les obligations. Je te prends Mme Edmonde qu'on élit. On la supplille d'en être. Elle connedescend. Après ça, ils ont été forcés, moralement, de distribuer le Prix à Gaston pour son fameux roman-fleuve intitulé *Le Provençal*. On vit dans une société policée, mais surtout polie (pas à la pierre ponce), polie dans le sens de bonnes manières.

Malgré le débraillé montant, la vieille garde reste debout, impec. Tiens, je vais te donner une preuve du bon maintien solidement ancré. J'ai un ami comédien, ça fait une paie que je ne l'ai vu. Musson, il s'appelle. Un grand à mine compassée. Il joue ce qu'on appelle les petits emplois, mais il travaille comme un fou ; tu l'aperçois dans tous les films. Tu sais pas fatalement son nom, mais tu le connais, toute la France le connaît. Et qu'interprète-t-il ? Je vais te dire : un maître d'hôtel, ou un croque-mort, ou un académicien, ou un ministre, rarement autre chose, ce qui prouve combien les quatre professions que je viens de numérer sont sœurs, sont conjointes, presque interchangeables. Leur dénominateur commun ? Musson ! Un grand type d'apparence sévère, gourmée (mais un fin gourmé !) avec un air de ne croire qu'en la bienséance. Musson ! Je lui dis bonjour en passant ; j'oublie jamais les gens de bonne rencontre. Regarde bien les génériques de fin ; la plupart des spectateurs se taillent dès qu'il se déroule. Ils ont tort ; un film n'est vraiment fini que lorsque l'écran est redevenu blanc. Lis tout : tu trouveras obligatoirement Musson. Le ministre de l'Intérieur (voire à la rigueur le préfet de police) : Musson ! Le maître d'hôtel : Musson. L'académicien : Musson… Les vedettes pâlissent, Musson demeure. Dans le fond, c'est ça, le vrai vedettariat :

cette pérennité. Valet de chambre, académicien, c'est-à-dire la classe ! Moi, je veux fonder le club à Musson. Gilet rayé ou habit vert ; croque-mort ou ministre désarmé, va-t'en trouver la différence... Va, cours, je t'attends ici. Bonne apathie, messieurs.

Et alors, bon, je m'arrache à ce dérapage mental pour bigophoner au professeur Badablum. Ne t'en ai pas encore soufflé *word*. C'est la surprise du chef. En bon écrivailleur de romans policés, je devrais la conserver pour la fin. Mais je ne suis pas un bon romancier policier. L'horlogerie fine, j'ai de trop gros doigts. Même un moteur de bagnole, je suis perdu. Le regarde avec défiance. Qu'une tomobile, je ne lui connais que ses trous, kif les dames. Celui qu'on met l'essence, l'autre qu'on entonne de l'huile ; point final.

Là n'est pas la question. Je sacrifie le gros coup de stupeur maintenant, en cours d'action. Tant pis si je dois finir ce *book* dans mes bottes de Saulieu. Je m'arrangerai pour trouver une pirouette. Tarte à la crème dans le museau du lecteur.

Le professeur Badablum, illustre chimiste, chaire au Collège de France, esprit électrique, touche-à-tout de génie. Il s'intéresse à ce qui vit : à la science, au foot, à moi. M'a pondu un papelard fumant dans *le Mercure de France*, voici quelques années. Comme quoi il prisait ma prose. Venant de lui, je l'ai remercié, encore que c'est pas mon style de gratuler mes laudateurs. Je trouve ça gênant pour tout le monde. Remercier pour un bon article, c'est faire la lèche pour un prochain. Il y a plein de beaux esprits qui m'ont à la chouette, le disent, l'écrivent. Merci bien à tous, vous m'avez ému cinq sur cinq ; mais quoi, vous écrire relèverait de la prétention, ça ressemblerait à une machination tortueuse. J'ai pas remercié souvent dans ma carrière plumesque. Je me rappelle, si, une fois : M. Jean-Jacques Gautier qui me torche un merveilleux papier. Je lui ai écrit merci, mais c'était parce que son papelard venait de me sauver la vie. J'allais me buter, et puis il y a eu la lueur de la joie professionnelle dans le tas de tourbe emplissant ma tête. Un rien, un hasard, un moment. On est tué par les instants, sauvé par les instants. Notre existence est capricieuse.

Et pour t'en finir avec le professeur Badablum, je lui écris combien ce qu'il a pondu sur moi me naninanère. Il me répond que naninana. M'invite à claper chez lui. Un appartement de savant avec des rideaux tombant en lambeaux, des bouquins empilés dans toutes les pièces, jusqu'au plaftard, des meubles qui auraient foutu la chiasse à Victor Hugo, pourtant porté sur le faux gothique de trois tonnes !

Je découvre un homme merveilleux, un de ces planeurs de la pensée qui nous survolent sans nous faire d'ombre. Il me reparle de moi ; bon, moi, je connais plus ou moins, c'est lui qui m'intéresse. J'arrive à le brancher sur la question malgré ses réticences. Il m'explique ses travaux, ses recherches. Je pige plus ou moins, bien qu'il use de termes accessibles aux béotiens de ma pire espèce. Lui, il se passionne pour le gaz, ce fabuleux intermédiaire entre le solide et le liquide. Le gaz qui emballe tout. Seulement pour un glandu, c'est pas vibrant comme sujet. Le gaz, nous autres, en dehors du pet et de celui qui fait fonctionner nos cuisinières, hein ? On a vite bouclé la boucle.

Et voilà que l'autre jour, lorsque je réussis à engourdir la valise du sieur Kalel, le visage du professeur Badablum s'impose à mon esprit. Insistant. Comme un appel, tu comprends ? Pareil à ce souvenir qu'on a de nos morts quand ils ont quelque chose à nous communiquer.

Et moi, au lieu de tracer directo à la Grande Maison, irrésistiblement, je me dirige chez Badablum. Je suis encore fringué en pompelard. Il m'ouvre soi-même, vu qu'il est veuf et que sa femme de ménage ne vient chez lui que le dernier jour de février des années bissextiles. Il écarquille ses yeux bleus, quasiment blancs, en me voyant toqué de la sorte.

— Que vous arrive-t-il, mon brave flic ? demande le prof.

J'entre. Je lui raconte l'historiette. Cette valise de métal contient quatre bocaux recelant un gaz si effroyablement toxique qu'il peut tuer toute la population parisienne en un instant. Est-ce qu'il y aurait moyen d'étudier ça, de manière à ce que la France possède aussi l'invention ? Avec sa politique de dissuasion, c'est pour le coup que le président Moijebombe serait joyce ! Il ajouterait cette trouvaille à sa panoplie jolie de chiasseruscoffs, un vrai régal !

Badablum est émoustillé. Lui, tu lui parles de gaz, il fait le reste. Je lui abandonne donc les quatre bocaux. Il m'en refile cinq autres, presque identiques, contenant de l'effervescence de camembert et du stupre de foutraille molle. Je cavale remettre le blaud au nouveau dirluche, le Rubicond, et tu sais le reste.

Maintenant, tu piges que ça ne m'émouvait pas outre mesure le pillage de la G.D.B. Les vrais bocaux, je sais où ils se trouvent. Quand les Ricains se mettront vraiment en renaud, j'irai les récupérer chez mon éminent ami le prof.

Ça turlure très longuement avant qu'on ne décroche. Il m'a expliqué qu'il faut laisser carillonner sans s'impatienter. Son biniou privé est relayé sur celui de son labo par un système gradoublifugé à carence variable. Seuls les initiés le savent. A la quatorzième sonnerie, ça s'enclenche sur le laboratoire.

Un organe féminin me répond. Assez tranchant. Le ton du genre : j'ai des virus à bouillir et je peux pas me permettre de débloquer, sinon ma marmite norvégienne va exploser.

— Commissaire San-Antonio, je souhaite parler au professeur Badablum, madame.

La voix se radoucit d'un cran.

— Le professeur est enfermé depuis ce matin dans la tour sifro mâchurée, monsieur le commissaire. Il lui est impossible d'en sortir avant vingt-deux heures ce soir. Il se trouve en milieu protofugé et travaille revêtu d'une combinaison de farfadingue zygomatique. Les circuits de fornication bivalvaires sont branchés.

— En ce cas, je le rappellerai tard dans la soirée.

A peine que je raccroche, le grelottin bouzigue.

— J'écoute ?

— Passez-moi mon ami Jérôme !

La voix du correspondant que je crois deviner gras et chauve.

— C'est moi.

— Vous avez joué de mauvaises cartes, Jérôme, fait la voix grondante. Je déteste qu'on assassine et qu'on kidnappe mes collaborateurs. Ça va chier pour vous, mon petit bonhomme !

Clic !

Me voilà seul avec une vibration mécanique qui fait tu… iiit… tu… iiit, éperdument.

Cette sortie me rend perplexe, merplexe, filsplexe, etc. Qui donc a bousillé le motard si ce n'est un gars de sa bande ?

Boû ! Quel pastis !

CHAPITRE XXIII

ÇA MOUSSE !

Boris prit l'embranchement pour Versailles et gagna la maison abandonnée, belle et sévère, froide et humide, où gisait toujours le cadavre de Kalel.

A son côté, le motard n'avait pas bronché. Il avait conservé son casque noir, ce qui attirait l'attention des autres automobilistes au passage. Boris s'en foutait.

D'ici peu, il troquerait la Renault contre un autre véhicule. Le motard continuait de serrer entre ses genoux la sacoche volée au vieux beau. Ses mains n'avaient pas quitté le tableau de bord. Les trois occupants n'échangèrent pas une parole. A l'arrière, Stevena avait déplacé le canon de son arme. Celui-ci s'enfonçait dans le dos du prisonnier à travers le dossier de la banquette.

Quand ils stoppèrent, Boris braqua à nouveau le type à la sacoche pour permettre à son complice de descendre de voiture. Stevena ouvrit la portière avant droite.

— Amène-toi, l'artiste !

L'ex-motard descendit, la sacoche chut à ses pieds ; il hésita, ne sachant s'il devait la ramasser.

— T'inquiète pas, Ducon : elle ne contient que des journaux, ricana Stevena. Tu ne me crois pas ?

Boris qui venait de les rejoindre se saisit de la sacoche, l'ouvrit et la tint à la renverse. Une masse d'imprimés bancaires s'en échappa.

Derrière son hublot rectangulaire, le regard du prisonnier marqua une profonde stupeur.

— Qu'est-ce que tu croyais, pauvre banane ! C'est les flics qui vous manœuvraient, déclara Boris.

Il lança le réticule de cuir dans un massif d'hortensias privés de fleurs en cette saison.

— Avance, Ducon !

Ils gravirent le bref perron et pénétrèrent dans la maison. Le cadavre roidi de Kalel barrait l'entrée du salon. En l'apercevant, l'arrivant se cabra.

— Fais un grand pas ! lui enjoignit Stevena, il ne va pas te mordre.

La bouteille d'alcool préparée par Kalel se trouvait toujours sur la table basse. Boris s'en saisit, dévissa le bouchon et but une large lampée.

— Fais asseoir monsieur ! dit-il à Stevena.

L'interpellé poussa le motard dans un fauteuil. Lorsqu'il fut assis, ce dernier voulut ôter son casque, mais Stevena s'interposa :

— Laisse, tu es trop beau comme ça, tu ressembles à un Martien !

— Qu'est-ce que vous me voulez ? demanda le gars sous son casque.

Sa voix feutrée semblait celle d'un robot de télé chargé d'animer les jeux pour enfants.

Boris sortit de sa poche une paire de menottes dont il emprisonna les poignets de sa victime après avoir fait passer la chaînette sous les jambes de celle-ci.

— Le nom et l'adresse du gars qui détient la valise,

et que ça saute ! Tu as vu ce qui arrive aux gens qui ne sont pas coopératifs ?

Il désignait le cadavre aplati au sol.

— Quelle valise ? questionna le motard.

— Non, non, pas la peine d'ergoter, mon pauvre Ducon, tu sais bien que c'est râpé.

— Je ne suis pas au courant !

Boris, qui s'était absenté, revint portant un extincteur rouge, ventru, prolongé par un embout de caoutchouc.

— Je vais te rafraîchir la mémoire, affirma-t-il en se penchant sur le motard. (Il coula l'extrémité de l'embout entre le menton de l'homme et le capitonnage de son casque, puis arracha le plomb fermant l'appareil et pressa le levier d'aspersion. Un énorme flocon de mousse blanche noya aussitôt le hublot du casque. L'homme suffoqua.)

— L'adresse du gars qui a commandé cette opération, vite ! Sinon je continue de balancer de la purée et tu crèves étouffé.

La voix lamentable du type leur parvint, à peine audible.

— Plus fort ! commanda Boris.

L'homme hurla la réponse.

— Tu notes ? fit Boris à son compagnon d'équipée.

Stevena sortit un porte-mine réclame et une pochette d'allumettes de sa veste. A l'intérieur du rabat il griffonna le nom et l'adresse qui lui étaient fournis.

Il le répéta d'une voix forte.

— C'est bien ça, oui, oui, parole d'homme ! cria le motard qui se démenait désespérément. Enlevez-moi mon casque ! J'étouffe !

Boris sourit et pressa à nouveau sur le levier. La

mousse carbonique combla les creux subsistant entre la tête du motard et son casque ; puis, surabondante, s'échappa par tous les orifices. L'homme devait hurler, mais ses cris paraissaient dérisoires. Ses tortionnaires le regardaient, fascinés. Le tableau avait quelque chose de surréaliste.

Le gars mit du temps à mourir. Il éructait, se tordait, secouait la tête comme un chien fou.

— Intéressant, non ? déclara Boris.

Il semblait fier de son initiative.

Stevena acquiesça :

— T'as toujours des idées bien à toi, dit-il. C'est la première fois qu'on liquide un bonhomme sans avoir vu sa gueule.

— Elle t'intéresse ? demanda Boris.

Stevena convint que non et ils s'en allèrent après avoir ramassé leurs armes.

CHAPITRE XXIV

ON FAIT LE MÉNAGE

Pas joyces, les chevaliers du guet, ohé !

La triste figure, ces bons messires.

Les deux jeunots n'osent pas me visionner et se perdent dans la contemplation de leurs tatanes pas proprettes le moindre. Lefangeux découvre une capsule de Coca-Cola plantée dans le talon de sa botte et, de l'ôter, ça lui permet une occupation naturelle.

Leurs mines sinistrées finissent par m'amuser.

— Ecoutez, les mômes, finis-je par déclarer, ce sont les choses du métier. Le flic propose mais Dieu dispose. Vous avez perdu une bataille, vous n'avez pas perdu la guerre, comme disait Grand Pif dans les brumes londoniennes.

Ça les détend.

La Pinasse, qui se sent également blanchie par cette absolution imprévue, redresse la morve bleuâtre qui lui filamente au bout du tarin.

— Sana a raison, mes petits gars. Quand, comme moi, vous aurez vu le loup péter sur la pierre de bois…

Beau dicton. Le verbe péter, illico, relation directe, me fiche Béru dans le collimateur.

— A propos, où est le Gros ? Il a craint mon courroux et a couru se blinder ?

Pinuchet branle son vieux chef hors d'usage et raison.

— Du tout, il est monté dans l'ambulance qui évacuait le gars abattu.

— Quelle idée !

— Il tenait absolument à voir son visage, mais à cause de la balle qui avait perforé le casque, il était impossible de le lui ôter ; alors il est allé à la morgue. Une chose l'intriguait.

— Quoi donc ?

— Le blouson du type. A cause d'un autocollant sur le bras qui représente E.T. en train de se faire faire une pipe par Blanche-Neige. Le Gros m'a dit que ce gadget lui rappelait quelqu'un et qu'il voulait en avoir le cœur net.

— Il pouvait vérifier les papiers du gars.

— Il n'en avait pas sur lui ; dans ce genre d'opération, les malfrats évitent d'emporter leur livret de famille.

Je réfléchis.

— Mathias a eu le réflexe de foncer aussi à l'Institut médico-légal, ils ont dû s'y retrouver. Alors, selon toi, les deux types qui ont abattu un motard et kidnappé l'autre ne faisaient pas partie de leur groupe ?

— Je vois mal pourquoi ils se seraient comportés ainsi en pleine action, Antoine, d'autant que le coup aurait réussi, de la manière dont il s'est opéré ; en agissant de la sorte, ils ont pris de très gros risques.

Lurette murmure :

— Je peux déconner, patron ?

— Nous sommes là pour ça, petit.

— Plus je me repasse le film de l'événement, plus

je suis convaincu que ces deux types se foutaient de la sacoche et ne s'intéressaient qu'au mec qui la tenait.

— Développe !

— Ecoutez, ils abattent le pilote pour être certains qu'une décarrade folle ne les prendra pas au dépourvu. Puis l'un d'eux bondit de la tire et va alpaguer le second motard en le braquant. Il ne se préoccupait pas du tout de la sacoche, je le jure. T'es d'ac, Lafange ?

Lefangeux réfléchit, opine lentement.

— C'est juste, confirme-t-il.

— Le gars serrait sa prise d'instinct, reprend Lurette, mais quelque chose me dit que s'il l'avait abandonnée sur le trottoir, son agresseur n'aurait pas fait un geste pour la ramasser.

— Intéressant, mon pote. T'as droit à un changement de chewing-gum. Si ce que tu prétends est vrai, cela signifie que les deux de la bagnole savaient que la sacoche ne contenait pas de fric. Ils voulaient simplement s'emparer d'un des motards. Donc, ils avaient exactement les mêmes visées que nous ! Et s'ils voulaient enlever un motard c'est, comme nous-mêmes en avions l'intention, afin de lui faire cracher le nom de son chef, en ayant pour but final la récupération de la valoche.

— Bon Dieu, mais c'est bien sûr ! déclame Lefangeux.

Tiens, il me court un peu sur la prostate, le détrousseur de ruisseaux. Je déteste les gonziers qui veulent faire de l'esprit quand l'heure est à fermer sa gueule. J'ai idée qu'il deviendra pas sociétaire dans mon équipe nouvelle. Je lui préfère Lurette, le frémissant, mulot actif, sale comme des poubelles en grève, mais qui fait tilt à bon escient.

— Et ce serait qui, ces deux bonshommes ? rêvassé-je.

— Des mecs étranges venus d'ailleurs ! continue finement Lefangeux, qu'encore une ou deux commak et il se retrouve au chômedu des troupes sanantoniaises, l'apôtre du nylon zéro zéro sept et de la mouche à merde artificielle !

Je cherche à répondre à la question de l'Enrhumé.

— Des Ricains ? suggère Lurette.

— Possible. Mais je ne sens pas la chose.

— Parce que vous avez pas mis le pied dedans, se permet Lefangeux.

Bon, alors d'accord, je lui souhaite sa fête, plus une bonne et heureuse année, plus de joyeuses Pâques. Il m'entend, le chat botté ! Et les voisins itou. Ceux du dessus, ceux du dessous, ceux d'à droite, ceux d'à gauche, ceux d'en face. Je lui raconte tout bien, comme quoi quand on est un grand branque à la con, puant le poisson mort et l'asticot décomposé et qu'on laisse filocher des arcans, alors qu'on a à charge de les surveiller, on a l'obligation extrêmement obligatoire de verrouiller sa pauvre gueule d'handicapé mental et de réserver ses boutades pour les débiles de son espèce. J'ajoute encore des trucs, en surnombre.

Lurette s'est arrêté de mâcher, Pinaud biche la tremble et sa stalactite fait du yoyo à l'extrémité de son long pif.

A bout de rage, je finis par la fermer.

Lors, le martin-pêcheur, plus verdâtre que sa tenue de terre-neuvas (ou terre-neuvien, ou terre-neuvier), se lève.

— Y a maldonne, il fait ; excusez-moi : y a franchement maldonne. Je ne suis pas venu dans votre équipe à la con pour me faire houspiller de la sorte. Je suis un fonctionnaire, moi, pas un moujik de l'époque tsariste. Je préfère retourner dans des contrées plus civilisées.

Je lui tapote l'épaule.

— Je ne te saurai jamais suffisamment gré de cette décision, Lafange. Ce qu'il me faut, ce sont des chasseurs. Toi, t'es même pas un pécheur, t'es un poisson. T'as des ouïes à la place des oreilles, et quand tu essaies de parler ça fait des bulles. Retourne vite à l'aquarium, mec. Quand je passerai dans le coin, je t'apporterai des daphnies !

Furax, il manque dégonder la porte en l'ouvrant. Avant de partir, il se retourne et me lance :

— Vous voulez que je vous dise, commissaire ? Vous êtes un type bidon !

Il disparaît, laissant une traînée olfactive à base de caoutchouc mouillé.

Je me tourne alors vers le môme Lurette.

— Et toi ?

— Moi, quoi, patron ?

Il appuie sur le terme de patron, bien me signifier qu'il reste un inconditionnel.

— Tu demeures avec un type bidon, petit gars ?

— Vous connaissiez la devise des Savoyards avant qu'ils ne deviennent français, commissaire ?

Je la lui récite :

— Nos cœurs vont où coulent nos rivières ?

— Vous avez gagné, rigole-t-il, mais c'est moi qui continue !

Brave môme. Un jour, j'essaierai de lui faire cracher sa chierie de chewing-gum une fois pour toutes. Et puis de le faire se peigner. Et aussi mettre des hardes moins cradingues. Et puis non, merde, voilà que je deviens vieux crabe, dents blanches, haleine fraîche ! Mondain, style Pépère. Tiens, au fait, que devient-il Achille ? En quels lieux confinés, aux odeurs légères, est-il allé cacher sa honte ?

Le biniou grésille. Pinaud, qui se trouve le plus proche de l'appareil, décroche.

— Mouais ? Ah ! c'est toi, Gros. Sana ? Je te le passe !

Il me tend le combiné en murmurant :

— Alexandre-Benoît paraît plus surexcité qu'un pou.

Il peut, avec tous ceux qui doivent avoir un bail renouvelable pour loger dans ses poils à cet énorme débraillé. On a dit du lion qu'il était en somme du mouton assimilé ; Béru, lui, c'est du porc reconstitué.

Son organe de diplomate britannique me froisse le tympan comme si c'était du faf à train satiné.

— C'est toi, Tout-Beau ? halète la locomotive. J'ai eu la paluche d'or, mec. Radinez d'urgencerie dans l'Quinzième, rue Lecourbe, près des boulevards prairieféeriques, un petit restau qui s'appelle *Le Père Ventru* ; la surprise du chef vous attend, les mecs !

— Explique un peu !

— Perdez-moi pas d'temps, jvous pass'rai tout l'programme avec projectiles de diapos. Mathias est en route pour l'burlingue pisqu'y faut qu'en aura un qui tient la caisse.

Il raccroche.

*
* *

Malgré la circulation extrêmement dense à cette heure, nous ne mettons qu'un quart d'heure pour atteindre *Le Père Ventru*. L'immeuble est délabré et je pressens que quelque part, un promoteur bande en pensant à lui. Le restaurant paraît être le point de contamination initial de toute cette vétusté. Sa façade dépeinte a oublié sa couleur originelle. Des rideaux jaunes, troués, masquent pudiquement la petite salle à l'abandon. Cinq tables que je décide bancales, avec des nappes en papier qui ont déjà fait leur devoir au service de midi roi des étés. Les misérables pots de moutarde ressemblent à des anus d'asiles de vieux. Un passe-plats verdâtre bée sur un antre malodorant où stagnent des odeurs sédimentaires. Ça fouette le vieux chou non ventilé, la saucisse oubliée dans sa graisse de cuisson, le hareng racorni, et surtout la pomme de terre frite dont la même huile sert depuis l'ouverture de l'établissement en 1932 (c'est encore écrit dans le verre de la porte : *Maison fondée en 1932*).

Le Gros est assis à l'une des tables devant une bouteille de vin rouge violet, sorte de beaujolais grec qui aurait dû s'arrêter définitivement à Orléans[1].

Au milieu de la salle, un couple chenu, gras, croulant, coulant, emmitouflé dans de la tricotaille de grand-mère, pleure à pleins seaux.

Etrange scène en vérité. Bérurier leur fait face. Il écluse son nectar sans mot dire, l'œil globuleux, mi-hépatique, mi-attendri, avec toutefois un zeste d'implacabilité dans la partie centrale.

Il nous accueille d'un hochement de tête.

1. Pour les cons ignares : ville réputée pour son vinaigre.
S.A.

— Assistez-vous, mes drôles, c'est ma tournée.

Nous prenons place, muettement, Pinaud, Lurette et moi.

— Et le roi du lancer léger ? s'inquiète mister Gradu.

— On vient de divorcer, expliqué-je, il trouvait mes méthodes bidon.

— Tant mieux, déplore le Gros, j'déteste les gens qui puent.

Ça lui fait penser à virguler une vesse. Il la libère prudemment, prenant appui sur une seule fesse, les yeux fermés comme la Callas avant d'y aller de son contre-ut. Et puis bon, tout s'opère sans dégât. Content de sa prouesse qui n'était pas gagnée d'avance, Béru explique :

— J'sais pas si la Pine t'a dit, Tout-Beau, mais l'blouson du gazier dessoudé m'disait quéqu'chose. J'sus été à la morgue où c'que Mathias a aidé l'toubib à décasquer l'motard. Bon, illico j'retapisse le môme.

— Le môme ?

— Vingt piges, une misère ! J'l'avais vu ici, où c'qu'j'viens claper, moi et Berthe l'vendredi qu'c'est jour de tripes à la lyonnaise. A propos, qu'est-ce v's'y mettez-t-il dans vos tripes, maâme Ventru, pour qu'ça leur donne c'goût d'merde aux herbes qui leur va si bien ?

La malheureuse voudrait répondre, hélas, ses sanglots l'en empêchent.

— Bien sûr, j'comprends vot' douleur, maâme Ventru, concède l'Immense, on a beau êt' la mère d'une charogne, un fils c't' un fils.

Il ajoute, baissant l'ton :

— Si v' voudriez apporter une aut' bouteille et trois verres, malgré vot' chagrin, c'serait gentil.

La pauvre femme arrache ses deux cent vingt livres, varices comprises, de sa chaise pour vaquer. Béru poursuit :

— Donc, j'avais z'eu l'occasion d'apercevoir leur garn'ment ici. Son blouson av'c l'autocollante qu'on voye Blanche-Neige pomper E.T., j'trouvais marrant, ça m'a resté. Sitôt identifié le zèbre, je m'pointe annoncer la nouvelle à ces pauv' gens. Allez, chialez pas, père Ventru, il était mal barré, c'ch'napan ; dites-vous bien que, comme que comme, il aurait mal fini !

Ces chaleureuses paroles augmentent les larmes du bonhomme. Le Gros renifle, touché au cœur.

— Allez donc nous couper quéqu' tranches de tête roulée et d'jambon persillé au lieu d'morfondre, père Ventru, ça vous chang'ra les idées !

Et le gros type, accoutumé au labeur, va rejoindre sa vieille dans l'office puant.

Sa Majesté chuchote :

— J'leur ai tiré les vers du blair. Y n'savaient même plus où y zen étaient, ces pauv' vieux. Edmond, leur chiare, il se traîne déjà un pedigree à rallonge : vol à l'étalage, vol de voiture, et d'autres bricoles du genre. V'là deux mois, il leur a dit qu'il avait trouvé du boulot chez un antiquitaire, comme manutionnaire. L'père Ventru, un mec franc comme Delors, n'a pas coupé dans le vanne. Il a chargé son aut' fils, Gaston, l'aîné, qui lui travaille dans les assurances et a opinion sur rut, d's'rancarder dont à propos ce dénommé Achille Parmentier, marchand d'pouillerie boulevard Gouvion-Saint-Cyr. Il a appris qu'le zigus en question était un vrai pourri, condamné pour recel dans des affaires débectantes.

— Fabuleux, Gros ! complimenté-je.

— On fonce, patron ? demande Lurette qui piaffe comme Edith, mais d'impatience.

— On fonce, acquiescé-je. Mais pas seuls !

— Merde, nous sommes quatre ! objecte le malaxeur d'Hollywood machin chouette.

— Pas suffisant pour donner l'assaut.

Mon « disciple » se rembrunit.

— Vous allez nous faire encore expédier les scribouillards d'élite de la Grande Cabane ?

— Non, non, j'ai une bien meilleure idée, fils : on va demander aux trois Ricains de nous prêter main-forte, après tout, c'est pour eux qu'on se crève l'oigne, non ? Un peu d'exercice, après la tringle, ça fait du bien.

Je me dirige vers le téléphone au moment où Mme Ventru rapplique, toujours en crue, avec du pinard et de la charcutaille.

— On va pas avoir l'temps pour ça, ma pauv' dame, lui fait Béru ; mettez-y nous-y dans un sac en plastique, on l'dégustera en cours d'route.

CHAPITRE XXV

ÇA CHICORNE !

Ça n'était pas vraiment un magasin, et pas tout à fait un entrepôt ; plutôt un immense et bizarre local infiniment haut de plafond, vitré du côté boulevard, où s'accumulait un bric-à-brac ahurissant.

On y trouvait du vieux et de l'ancien, et puis du moderne façon jadis, avec toutefois une nette dominante de l'art déco. Des consoles, des sièges en bambou ou confectionnés avec des défenses d'éléphant, des pianos ayant appartenu à Messager, des tables au style tourmenté, des cheminées démontées et rassemblées comme un puzzle, dont chaque élément était numéroté à la peinture blanche ; des tapis roulés : chinois, quelques-uns iraniens ; des lustres muranesques ou hollandais ; une chaise à porteurs sans doute achetée à la Samaritaine de luxe ; des machins mauresques, en cuivre martelé ; et puis tout le reste, empilé, empaillé, en vrac, accroché, pyramidé, jonchant, obstruant…

Il fallait, pour pénétrer dans ce lieu saturé d'horreurs, passer par la cour, la ci-devant porte donnant sur le boulevard Gouvion-Saint-Cyr étant condamnée (à perpète) par un Himalaya de choses plus ou moins bancroches qui risquaient, semblait il, de carboniser la grande vitre grise et jaspée d'auréoles. On entrait donc par ce qui avait été conçu porte de service, laquelle prenait dans une paroi coulissante permettant la circulation des meubles volumineux. Tout de suite à droite en entrant, on avait frayé un chemin à travers ce foutoir qui conduisait à une pièce servant de bureau. Paradoxalement cet endroit était clair, propre, meublé design ; il comportait un sofa couvert de soie sauvage de couleur orange, avec une cohorte de coussins bleu roi.

Le maître des lieux, Achille Parmentier[1], un quinquagénaire chauvasse et ventripotent, discutait avec deux gars pas très sympathiques. L'un avait un œil blanc qui le rendait incommodant, l'autre regardait tout un chacun avec l'air de se demander combien ça lui rapporterait s'il le butait.

— On a été floués, déclara Parmentier, il ajouta (parce que nous sommes dans un San-Antonio) : comme des patates !

Ses interlocuteurs hochèrent leurs têtes faisandées pour marquer l'acquiescement.

L'antiquaire reprit :

— Le petit Ventru a été abattu sans sommation et ils ont embarqué Zadig.

— Qui ça, « ils » ? demanda l'œil blanc, mais avec sa bouche.

— A première vue, les gens du laboratoire.

— Les gens d'un laboratoire ne disposent pas d'une

1. Pardonne-moi, ô mon lecteur adoré, d'avoir déposé deux « Achille » dans cette histoire, mais le premier existe depuis des décades, et le second est venu y faire un calembour.

San-A.

équipe de tueurs volants, fit l'autre personnage qui avait pour patronyme Julien. Selon moi, ils ont dû rencarder les poulets.

— J'imagine mal les poulets tirant sans sommation devant la populace ; ce serait plus qu'une bavure…

— Si vous croyez qu'ils se caillent pour ça. Dites, et Mesrine, ils lui ont envoyé une lettre recommandée pour lui annoncer qu'ils allaient l'allonger ?

— Tout de même, soupira Achille Parmentier, je flaire autre chose de plus compliqué. Toujours est-il que cette putain de valise doit présenter un sacré intérêt pour quelques gens. Mais c'est pas le tout : je m'attends à de la visite. Zadig est un intrépide, pourtant je doute qu'il se laisse arracher les couilles plutôt que de me balancer.

— On vous couvre, patron, déclara Nonœil en caressant un renflement de son costar pied-de-coq.

— Merci. Mais pas de grabuge inutile. S'il se produit du caca, n'intervenez qu'en cas de gros patins. Je préférerais la négociation.

— Vous voulez négocier quoi avec des gus qui vous refroidissent vos fines lames sans même s'annoncer ? grinça Julien.

Il sortit de sa poche une boîte de pastilles Valda et en prit une qu'il glissa avec dévotion dans sa clape comme s'il se fût agi d'une hostie. Parmentier s'attendit à le voir s'envoler, comme dans la pube, mais l'homme à la frime charognarde resta le cul sur sa chaise Knoll.

Achille Parmentier était un homme de décision ; il ignorait la peur malgré sa frime rondouillarde qui suait le bien-être bourgeois.

— L'effet ne se fit pas attendre, murmura-t-il, en regardant par la baie vitrée qui donnait sur la cour.

Ses péones l'imitèrent et virent survenir deux hommes probablement étrangers. L'un était roux, massif, avec une frime d'ancien boxeur plus riche de coups reçus que de coups donnés ; l'autre avait l'air d'un gitan. De toute évidence, ce tandem ne venait pas ici pour acheter des meubles, ni même pour en vendre.

— Eh bien, il va falloir ouvrir l'œil, déclara Parmentier, car je pressens que ces messieurs arrivent avec de mauvaises intentions.

Nonœil pressa à nouveau la bosse de sa veste.

— Je ne mets pas longtemps à dégainer, assura-t-il avec des mines pour westerns.

Boris, suivi de Stevena, parcourait le sentier ménagé dans la jungle de cette pouillerie et se pointa jusqu'à la porte vitrée du bureau à laquelle il frappa.

— Entrez ! fit Achille Parmentier.

Au lieu d'obéir, Boris s'effaça pour laisser le champ libre à Stevena. Ce dernier tenait une mitraillette et, sans l'ombre d'une hésitation, tira une salve à travers la vitre en direction de Nonœil et Julien. Les deux hommes s'écroulèrent en geignant. Ils n'avaient pas eu le temps de sortir leurs propres armes tant l'action avait été fulgurante.

Boris poussa la porte.

— Vous nous avez bien dit d'entrer ? demanda-t-il avec civilité.

Achille Parmentier sentit son courage dévaler au fond de sa personne et peser fort sur ses sphincters. La perspective de souiller son pantalon l'effraya et il fit un immense effort.

Les arrivants retirèrent les deux sièges dont les

socles étaient coincés par les jambes de leurs victimes, ils les rapprochèrent du bureau de l'antiquaire, Boris plaça même le sien de l'autre côté du meuble, c'est-à-dire près de celui d'Achille Parmentier.

Un silence effroyable se développa, coupé par les ultimes râles des hommes foudroyés. Stevena et Boris ne perdaient pas leur hôte involontaire de vue. Parmentier déplaçait sa tête pour les contempler alternativement. Il se demandait de quel côté allait venir sa mort. Car il ne doutait pas de son imminent trépas. Ces hommes étaient d'une cruauté totale. La manière impitoyable dont ils venaient de liquider ses gardes du corps était éloquente.

Lorsqu'on abat quelqu'un avant de lui dire bonjour, c'est qu'on est déterminé à tout et que le pire est votre style.

— Eh bien, terminons-en, finit-il par articuler.

Il songeait au pistolet qui se trouvait dans le tiroir du bas de son bureau. L'arme lui parut dérisoire, aussi inutile que son stylo. Jamais ses visiteurs ne le laisseraient accomplir le moindre mouvement.

Stevena désigna Nonœil et Julien.

— Vos gardes du corps ont eu de la chance, fit-il : ils n'auront pas eu le temps de souffrir.

Le sous-entendu découlant de l'assertion mit de la glace dans le ventre du gros homme. D'accord, il allait crever. Il avait toujours eu cette perspective en arrière-pensée. Quand on fricote dans l'illégalité et qu'on passe son temps à arnaquer tout un chacun, y compris ses complices, il faut s'attendre à une telle finalité. Il se demanda, à cet instant, s'il n'avait pas, tout au long de sa vie, caressé cette tentation suicidaire : en finir violemment. Périr d'une rafale ou d'une balle dans la nuque. Mais il était allé trop loin. Il lisait sur les visages de Boris et de Stevena que « cela » allait être difficile, horrible, même.

— Vous devinez ce qu'on vient chercher ? demanda Boris avec son drôle d'accent.

Parmentier déglutit plus ou moins bien et balbutia :

— Oui, mais dites toujours…

— La valise, naturellement !

— Naturellement, admit Parmentier.

— Vite ! coupa Stevena.

— Vous pensez bien qu'elle n'est plus ici ! risqua le receleur.

— Vous pensez bien que si ! riposta paisiblement Stevena.

Son regard noir, intense, ressemblait à deux vrilles qui s'enfonçaient dans les yeux terrorisés du bonhomme.

— Ecoutez…

— Levez-vous ! l'interrompit Boris.

Parmentier se dressa, un peu en « Z » à cause de son fauteuil et du bureau. Boris retira le siège ; puis il glissa la main sur le ventre de son interlocuteur et se mit à dégrafer sa ceinture.

— Mais qu'est-ce que vous faites ? s'insurgea le bonhomme.

Sans répondre, Boris s'attaqua au pantalon ; il le lui défit complètement jusqu'à ce qu'il chût sur les chaussures de Parmentier ; après quoi, il tira sur son slip, dénudant un gros derrière pâle et velu, cloqué de cellulite.

— Penchez-vous un peu en avant sur votre bureau.

L'autre resta immobile.

— Je veux simplement vous faire sauter les couilles,

annonça Boris, si vous ne prenez pas une position ad hoc, je vais tirer au jugé, tout votre fourbi partira et il ne vous restera plus rien pour pisser.

Parmentier murmura :

— A quoi bon ? D'accord, je vous donne la valise et tout ce que vous voudrez. Vous tenez tellement à me torturer ?

— Punition, fit brièvement Boris, vous ne deviez pas ergoter ; tout se paie.

De sa main gauche, il saisit l'antiquaire par la nuque et le poussa en avant.

— Minute ! fit Stevena. S'il s'évanouit on perdra du temps. Où est la valise ?

— Dans un coffre du magasin, il y en a plusieurs à vendre, des modèles anciens ; elle se trouve dans le noir qui a une corniche de laiton.

— La clé ?

— Dans le tiroir du bas de mon bureau.

— Donne !

Le gros homme se baissa. Il se sentait calme, détaché. Un peu grisé par l'épouvante qui l'avait investi.

Boris restait toujours derrière lui. Il regardait les testicules offerts de sa victime et jubila :

— Il a des roustons comme des œufs d'oie ! Tu parles d'une omelette que je vais faire !

Parmentier saisit le pistolet endormi sur des paperasses. C'était du « tout de suite ou jamais ». Il n'aurait pas le temps de flinguer son vis-à-vis, trop aux aguets. Sa seule chance…

Il agit sans penser, d'instinct. Sortant vivement l'arme, il la coula entre ses jambes écartées, releva le canon et pressa la détente.

Il y eut un cri de fauve. Boris bondit en arrière. Une

balle venait de le fouailler à l'aine et de s'enfoncer dans son ventre.

— Con ! fit sèchement Stevena.

Parmentier s'était jeté au sol. Il voulut se retourner pour tirer encore sur Boris, mais Stevena était déjà là, qui le mit k.-o. d'un coup de pied dans la tempe.

CHAPITRE XXVI

APRÈS LE PIED, LE PIED DE GUERRE

Les trois Ricains sortent de l'ascenseur ; un vieux carrosse hydraulique. L'*Hôtel Boxon*, bien qu'il soit central, date de l'époque Fallières. Il appartient, dit-on, à une vieille Américaine qui avait marié un Suisse installé à Paris. Elle n'a rien voulu toucher à l'architecture des lieux, bien que l'infrastructure de sa crémerie ne corresponde plus du tout aux normes hôtelières actuelles. Elle veille à ce qu'il soit repeint et bien tenu, mais elle lui garde son rococo, ses fromageries plâtreuses, ses miroirs solennels, ses plantes vertes jaunissantes et tout ce qui contribue doucettement à le faire classer bientôt par les Beaux-Arts. Ce parti pris porte ses fruits, car les Ricains de passage se battent pour y loger, estimant qu'il exprime parfaitement la vieille Europe loqueteuse, et bavochante qui chie sous elle et que tu vas voir les Russes : Hop ! par ici le bon bortsch !

Nos collègues flanellent vachement des guiboles. On sent qu'ils ont fait leur vide pour un moment. Le ratissage opéré par les donzelles a été total. Ecrémés jusqu'à la moelle, les gonziers de la C.I.A. ! Sus aux vitamines, mes frères ! Beaucoup de viande rouge et de laitages pour eux !

Je leur confirme qu'on tient la piste fumante, la vraie, l'unique, la toute formide, celle qui va leur permettre de faire enfin une grosse bibise à cette valise fantôme.

Ils paraissent contents, mais sans plus. Pas enthousiastes. Leurs pensées traînassent encore dans leurs slips. S'ils me gratulent, ces cons, c'est pas pour l'exploit policier, mais pour les gerces bien somptueuses qu'on leur a fournies. Ils m'annoncent qu'ils vont les épouser rapidingue. Ils ont déjà, entre deux fringants coïts, tubophoné à l'ambassade U.S., qu'on prépare les papelards de ces jolies ravissantes, avec plein de tampons définitifs. Des occases pareilles, ils ne peuvent laisser passer, les abandonner sur la terre merdeuse de l'Europe en digue-digue. Y a bon Etats-Zunis, Floride *is good for you !* Ils insistent pour que je me rende aux noces. Ils m'invitent aux frais de la C.I.A. Je promets d'aviser. Alors, bon, en route. Je les affranchis dans la bagnole, tandis que Béru, Pinuche et Lurette déjà sont à pied d'œuvre boulevard Gouvion-Cinq-Sires. Un forban antiquaire a piqué leur chère valoche. Il exige beaucoup d'auber pour la rendre, n'hésite pas à tuer. Seulement moi, je hume des complications inextricables, comme quoi d'autres pèlerins sont également sur le coup : ceux qui ont buté le motard et enlevé son équipier. Donc, on doit se pointer en force, les rapières à dispose et pas chichiter si ça castagne. Feu à volonté ! Ils rigolent à outrance. Me traitent de « French baby ! » La castagne, c'est leur spécialité. Le « French baby » leur pisse à la raie ; faudra les voir à pied d'œuvre, ces joyeux queutards.

Pas besoin d'avoir un cil de lynx pour découvrir mon trio illustre, planqué sur le boulevard. Y en a un qui renouche la vitrine d'un marchand de tires d'occase spécialisé dans l'américaine surchromée ; un autre qui mijote au volant de la tire stationnée en double file, et le troisième qui lit le journal, assis sur une vieille caisse tombée d'une poubelle.

Cela dit, tout paraît simple et tranquille.

— *Just a moment !* fais-je à mes Ricains.

J'opère une première exploration, passant devant l'établissement d'Achille Parmentier, mains aux poches, en tirant un peu la jambe, ce qui justifie la lenteur de mon déplacement.

J'avise un putain de capharnaüm qui évoque la salle des ventes un jour d'enchères. Un type brun est occupé devant un coffre-fort qui ressemble à celui de M. Law avant sa banqueroute.

Ayant retapissé le gars, je continue mon parcours et contacte discrètement chacun de mes péones.

— Regroupement à droite de l'entrée ! je leur dis-je.

Puis je ramasse les trois Ricains qui sont encore en train de se remettre Coquette en place, à l'issue (de secours) d'un aussi grand dévergondage. Ben mon vieux, tu la leur copyright ! Y a eu goinfrage de culs, comme ils savaient pas que c'était réalisable, messieurs les Ricains *made in* Hong Kong ou Killary-Bay. Du surchoix, on leur a branché ! De la pute haute noblesse, ayant pignon sur chatte et les loloches armoriées. Des surexpertes classées V.I.P. Des ratisseuses de glandes diplômées, et qui s'étouffent pas à l'oral, espère !

— Votre bon Dieu de valise est là, je leur désigne. Seulement, ça doit grouiller de méchants sur le qui-vive. Dites-vous que nous sommes plus ou moins attendus.

— On a de quoi rendre visite ! m'assure l'Irlandais.

Il dégage son veston pour me découvrir le manche à gigot d'un pétard gros comme ma cuisse.

— Ben, dites donc, béé-je, ça doit vachement faire drelin drelin quand vous passez par le tunnel de sécurité des aéroports.

Il hausse ses épaules d'enfonceur de portes blindées.

— C'est du matériel qui nous a été fourni à l'arrivée.

— O.K., les gars. On plonge. Tous les sept en même temps, faut investir les lieux en un clin d'œil. Et pas craindre d'embaumer les grelus qui se prendraient pour des résistants afghans. Vous y êtes ?

— Je nous sont ! répond en bon français l'ancien Chinois en mutation.

Je lève le bras. T'as vu Bonape au pont d'Arcole en train de faire « Tiens, sus », aux Autrichiens ? Moi ! Mes sbires cavalcadent éperdument. On se rue comme des folingues dans l'entrepôt à tabac du sieur Parmentier.

CHAPITRE XXVII

(LUCIE DE) L'AMÈRE MORT

Boris sent que la situation se détériore pour sa pomme. La douleur se diffuse mochement dans son ventre et sa jambe droite. Il n'ose porter la main à ses vêtements sanglants, mais il réalise progressivement le cheminement de la balle. Elle est entrée un peu plus bas que l'aine, dans le gras de la cuisse, elle a ricoché contre la tête du fémur, laquelle a dû déclarer forfait, car Boris ne peut plus poser le pied par terre ; et ensuite, le projectile s'est mis à vadrouiller dans ses tripes.

Le blessé gamberge froidement. Il lui faudrait l'hosto, dare-dare, seulement jamais Stevena ne l'y conduira. Mieux, s'il juge son pote sérieusement atteint, il lui pralinera la coiffe, ainsi l'exige le règlement de leur organisation. S'il pouvait au moins marcher ! Mais c'est devenu impossible. Foutu ! Il est archi foutu, le Boris. Là s'achève sa trajectoire de forban. Il a refroidi une chiée de mecs sans sourciller, parfois même avec plaisir ; et aujourd'hui son tour est venu. Il va crever dans cet entrepôt à pouilleries. Une mort sans gloire, presque accidentelle. Une fin à la con au bout d'une vie à la con. Gagné, perdu ! Pile et face ! Après le jour, la nuit ! Il considère le gros homme chauve étendu à ses pieds. Il le hait, certes, *mais pas plus qu'avant*.

Il a la haine endémique, Boris. Fortifiante pour ainsi dire. Sur le plancher, Achille Parmentier pousse des plaintes sourdes. Une vilaine plaie compose un emplâtre de sang au-dessus de son oreille gauche. Il ouvre les yeux pour contempler les chaussures de Boris. L'une ne touche pas le plancher car Boris se tient de guingois contre le fauteuil garni de cuir. Parmentier, lui aussi, sait que c'est fichu. Qu'ils vont le trucider sans pitié. Il voit une rigole de sang dégouliner sur le pied de son visiteur. Cela sourd de sous le pantalon, imbibe la chaussette et le surplus coule sur le talon du soulier avant de goutter lourdement. Le bruit du sang rythme un temps qui a perdu toute sa signification. Achille prête l'oreille. Il perçoit un mouvement dans ce qu'il appelle pompeusement le « hall d'exposition ». C'est « l'autre » qui bricole le vieux coffre-fort. On n'a pas encore tué Parmentier, au cas où il y aurait un problème d'ouverture, ou bien dans l'hypothèse où il aurait menti au sujet de la valise. Mais la valise métallique se trouve bel et bien dans le ventre d'acier, l'homme n'aura pas trop de mal à faire jouer l'ouverture du monstre, et alors tout sera dit. Il aura droit à sa balle entre les deux yeux.

Il se dresse sur un coude. Ses yeux rencontrent ceux de Boris, Parmentier y lit la tragédie de la mort. Il a touché son adversaire pour le compte. L'homme est en état de préagonie. On devine que d'horribles douleurs se rassemblent dans sa viande et se mettent à y croître. Très vite elles deviendront insoutenables. Du coup Parmentier reprend espoir. Si l'autre pouvait s'évanouir, au moins ! Il prendrait l'arme d'un de ses archers morts et ramperait jusqu'au hall d'exposition, s'y embusquerait pour abattre le deuxième visiteur.

Mais Boris comprend tout, il articule d'une voix pesante :

— Non, gros lard : je te flinguerai avant.

Déconcerté, Parmentier détourne son regard.

Boris ajoute :

— Dans tes couilles pour commencer !

« Un obsédé », songe l'antiquaire, un sadique.

Boris a dressé un plan d'action. Lui aussi a décidé de « tenter le tout pour le tout ». Il sait comment s'y prendre.

Rassemblant ce qui lui reste d'énergie, il crie à la cantonade :

— Ça vient ?

— Ça y est ! répond Stevena depuis l'entrepôt.

— Dépêche-toi, qu'on rigole un peu avec ce monsieur avant de filer.

Oh ! oui, son plan est prêt. Lorsque Stevena reviendra dans le bureau avec la valise, il l'abattra à bout portant. Puis il liquidera l'antiquaire. Ensuite, comme il ne peut plus bouger, il alertera la police, dira qu'il a trouvé la valise, histoire de se blanchir, puis se laissera conduire à l'hôpital. Il a hâte qu'on l'allonge dans des draps blancs et qu'on le prenne en charge. Il veut s'en sortir, absolument. Rien n'est plus important. Une fois hors de danger, il se débrouillera, qu'importent les tribunaux et les dirigeants de son organisation.

Mais soudain, les choses changent.

CHAPITRE XXVIII

VERDUN, VERDEUX, ETC.

L'action, c'est comme ça : tu ne penses plus à rien. Ton instinct t'assume. Lui se rappelle le plan prévu et t'as plus qu'à lui obéir.

Je fonce dans le magasin surencombré, à la tête de mes lanciers. Derrière moi, y a Béru, puis les trois Ricains, puis Lurette et messire Pinaud, dit le Branleur Branlant.

Je désigne le fond de la boutique an Gros, là où derrière l'accumoncellement de commodes, armoires, pianos et autres fichaises de la vie, un gazier ouvre un coffiot.

— A toi ! lui crié-je.

Mézigue, je fonce sur ma droite, par le sentier sinueux menant à un local éclairé. Je déboule à l'orée d'un bureau moderne. La vitre de la porte est pulvérisée. A travers, j'avise un type acagnardé à un siège.

— Les pattes en l'air ! aboyé-je.

D'un coup de peton, j'ouvre la lourde en grand. Deux cadavres gisent sur le plancher, mitraillés d'importance. Un coup de feu claque, puis un second. C'est le type derrière le bureau qui vient de défourailler. Pas sur moi : en direction de ses pieds. Qu'estce y lui prend ?

— Lâchez ça ! intimé-je.

J'en dis pas une de plus car les Ricains qui me suivent l'arrosent avec un ensemble parfait.

Un numéro de music-hall, tu croirais. Ça fait tching, tchok, poum ! Puis, parce qu'ils doublent la mise : poum, tchok, tching.

Le gars d'en face, un rouquin, se replie comme un vieux Kodak à soufflet. Sa bouille s'incline sur sa poitrine, trouée à deux endroits (la bouille). Comme il était bloqué contre le fauteuil et le bureau, il ne bascule pas ; juste qu'il est tassé et un peu mort pour longtemps.

On entre, moi le first : à tout seigneur…

Le tableau de chasse est fourni : trois défunts et un agonisant, car, derrière le bureau, au pied du gus flingué par mes amères loques, gît un quatrième personnage, lequel n'est autre que le gros chauve du Club Apollon. Il est devenu couleur reine-claude, cézigue, du fait des deux balles qui lui ont été télégraphiées dans le bas-bide. Ça bouillonne vilain à l'emplacement de la braguette. Comme dans l'air des dindons de cette opérette à la con qui ferait gerber une truie mélomane : Glou ou, glou ou, glou ou, glou… De toute beauté ! Fleur de coing ! Moi, quand j'étais chiare et que mes chers vieux me branchaient le disque, j'en avais le vertigo. « J't'aime mieux qu'mes moutons on on… » Tu te la prends, tu te la secoues, tu te l'astiques ! O la bella passionata ! Tsoin tsoin ! Ce qu'il y a eu comme conneries d'écrites en dehors des miennes ! Des débileries insoutenables. Glou ou, glou ou, glou… T'as pas honte, toi ? Moi, j'sais plus où me mettre ; surtout quand y a du monde, des étrangers. Vous allez entendre notre folklore, les gars ! Ça, c'est pas de la bibine : « Glou ou, glou ou, glou… » De quoi se pisser parmi ! L'esprit français, es-tu là ? Si t'es là, tire un coup ! Si t'es pas là, tire z'en deux ! Merde, ce qu'on aura essuyé… « J't'aime mieux ». Je t'aime mieux que mon cul, oui, mais tout juste ! Tiens, je préfère le slow, bien serré comme les caouas italoches. Tu sais, quand on y va, plaqués comme un autocollant sur la feuille adhésive ? Le côté : rien pour toi, rien pour moi, tout pour le teinturier, tchlaoff !

Bon, je te racontais quoi t'est-ce ? Ah ! certes : le gros chauve qui a morflé dans les burnes deux pralines de fort calibre !

S'il n'en reste qu'un, c'est le gusman du coffiot. Il en est où, le Béru, à propos ?

Je m'inquiète de lui, on n'entend rien.

— Ohé, le Gros ! l'hélé-je.

Nobody me répond.

Alors je retourne dans l'entrepôt, suivi de Pinuche. On ne voit rien que ce massif de meubles hétéroclites. On n'entend rien d'autre que la respiration de Sa Majesté, parce que son souffle, à Gradu, ça fait comme la pompe à merde en action. D'emblée, j'entrave que le futé s'est placardé dans les décombres d'existences amoncelés là. Sur le qui-vive.

Je droppe jusqu'à la porte, lui couper la retraite. De là, j'écrie :

— Rends-toi, tout est bloqué !

Alors, une voix déclare, avec un accent étranger pas imité :

— J'ai la valise, ne bronchez pas ! Si vous ne vous conformez pas à mes instructions, je fracasse l'un des flacons, pigez ?

Les Ricains demandent de quoi ça cause. Lurette qui parle l'anglais leur traduit. Les mecs poussent des bramantes sauvages, comme quoi, aohooo, no ! surtout pas ça !

Un qui se poile intérieurement, c'est le fils aîné et unique de Félicie, ma brave femme de mère. Les bocaux, il peut en faire du verre pilé, Dudule ! Ce ne sont pas les vrais. Tout de même, je décide de jouer le jeu, à cause des Ricains. Tout ça se goupille pas mal. Il faut qu'ils récupèrent leur enfoirée de valise, ensuite, s'il n'y a plus les bons flacons dedans, ils estimeront que ce sont nos voleurs qui les auront changés et on sera bonnards pour garder le gaz mortel, nous autres, Français, tatatata ta ta ta tèèèère, tati tata ta ta nana ! Marseillaise ! Tricolore ! Flamme sacrée ! Poil au nez !

Je quitte la porte pour rabattre en direction du bureau, mais avant d'y parvenir, je m'enquille sous une magnifique table Henri II et j'attends.

— Montrez-vous, tous ! glapit l'homme caché.

Je lance un geste véhément à ceux qui peuvent me voir, c'est-à-dire : Lurette, Pinuche, les trois Ricains.

Ils obtempèrent et se pointent, bras en « V ».

J'espère que le coquin vilain n'a pas eu le temps de nous dénombrer, tant si tellement fut prompte notre invasion.

— Et le gros type ! il hurle. Il manque le gros type ! Qu'il se montre, ce sac à merde, et vite !

Sa Majesté outragée marque un long temps d'hésitance, puis refait surface. Lui, les pattounes en l'air, c'est pas si tellement son genre. Aussi m'étonné-je de l'apercevoir, depuis ma cache, docile comme un mouton castré.

— Bon, d'accord, lance le vilain.

Il se lève enfin. Il est à deux pas de la porte. C'est un mec très brun, la peau couleur brou de noix, un regard si intense et noir que tu croirais deux jets de goudron en fusion. Il tient effectivement la valise de la main gauche, de la droite, il braque un pistolet mitrailleur dans notre direction.

Bon, alors faut que je me concentre pour te bonnir la suite, car ça va très très vite. Il se passe beaucoup de choses importantes en très très peu de temps. Essayons de décomposer. Je vais donc tenter de te trousser une jolie décomposition française avec une introduction, un développement et une conclusion.

Primo, Béru, tu sais quoi ? Avant de se montrer, il a enquillé son pétard derrière sa tête, coincé entre le cou et la limouille. Il fait juste mine de fatiguer un chouia du bras droit pour le faire fléchir à bonne hauteur, le cramponne par la crosse et à toute vibure praline le *rascal*.

C'est compter sans le super-entraînement qu'a reçu ledit. Un frémissement, il est en alerte. Béru n'a pas plutôt achevé son geste qu'il balance la purée dans sa direction. Seulement je n'ai pas non plus les réflexes usés, aussi l'ajusté-je.

Tu veux savoir le résultat de cette triple pétarade ? Attends, j'ai pas fini, on fera le bilan plus tard, à tête reposée. Magine-toi qu'au moment où je presse la détente de mon feu, quelqu'un entre en courant dans l'entrepôt : une femme. Son intrusion inopinée me désajuste le tir et tout ce que je réussis à fiche, c'est de disloquer un gros bocal ancien pour vitrine de pharmacie.

Le mec a été touché par Béru, au cou, car il est tout rouge dans cette région. Mais cette blessure ne l'empêche pas de choper l'arrivante par le colbak et de la placer devant lui, en guise de bouclier. Je reconnais alors Marie-Anne Dubois, la gerce à feu Prince. Ce qu'elle vient branler dans cette galère, je le lui demanderai plus tard, si d'aventure nous sortons de cette foutue impasse, elle et moi.

L'homme basané se met à gueuler comme un enfant de putois :

— Si vous tentez encore de m'avoir, je flingue cette connasse, vu ?

Bon, là, on peut pas lui objecter grand-chose. Alors il sort à reculons, tenant toujours la fille devant lui. Avant de partir, il lance :

— N'essayez pas de me courser, sinon il y aura du grabuge !

On le voit reculer vers la cour.

Les Ricains se précipitent. Pour ma part, je me préoccupe du Gros. Il gît à la renverse dans sa travée, respirant avec peine.

— Béruuuuuu ! m'écrié-je, affolé.

Il me rassure de la main.

— Tout au cœur, tu parles d'un flingueur ! Buffle-à-l'eau-bille ! L'choc m'a culbuté, Dieu d' Dieu ! Reus'ment qu'Berthy m'a offerte c'délicat objet pour mon anni !

Il retire de sa poche intérieure un flacon d'argent, plat, destiné à contenir quelque remontant, mais qui, plus jamais ne pourra remplir sa mission, ayant écopé de quatre balles groupées.

Bon, et maintenant ?

— Eh bien, maintenant, ça chauffe dans la cour.

CHAPITRE XXIX

LA GRANDE FIESTA

Achille Parmentier se demande s'il est vraiment foutu. Une paralysie doucereuse le gomme par le bas. Il a l'impression que son corps plonge dans un bain d'acide et s'y dissout progressivement. Ce que sont ses blessures ne l'intéresse pas. Il est tendu vers une idée fixe. Alors, il se met à ramper, prenant appui sur les coudes ; mais il a de la peine à charrier son hémisphère Sud. Il est si faible, à la fois glacé et brûlant. Glacé du bas, brûlant du haut. Tête en feu, bouillonnante, le sang fait comme la lave d'un volcan sur le point de gerber. Mais Parmentier veut réussir. Il le faut. Une dernière satisfaction à s'offrir.

Il a vaguement perçu des coups de feu, en provenance de son entrepôt. Qui fait la guerre à qui ? Il s'en fout. Y a probablement des poulets dans l'histoire ; ou alors des bandes rivales, ou bien… Et merde ! Il n'importe. Lui, il a une bonne blague à faire avant de crever. Un baiser d'adieu à adresser à la foule. Toute sa vie, il s'est fait chier, Achille Parmentier. Un insatisfait congénital. Il a mené des études brillantes, mais qui n'ont débouché sur rien de très positif. A cause d'une femme qu'il adorait et qui, la salope… Air connu ! Tout le monde, peu ou prou. Chagrin d'amour ne dure qu'un moment… Tu parles ! Après le chagrin reste… le reste !

Bon, il faut qu'il contourne le fauteuil afin d'atteindre l'autre côté de son bureau. Chaque centimètre le mine. Il n'en peut plus, faut y arriver pourtant.

Après, O.K., il dira bonsoir. Monsieur Loyal. Boubouroche. Il a tutoyé le crime comme on entre aux beaux-arts, sans être particulièrement doué, en espérant que la fonction créera l'organe. Allez, Chilou : du cran ! La mort peut bien attendre un peu.

*
* *

Stevena voit déboucher trois cow-boys, armes en main. Leurs gueules ressemblent à celles des héros galaxiques des bandes dessinées : géométriques, tout en ombres. Déterminés au-delà du possible. Il ne leur échappera pas. Ils ne défouraillent pas biscotte la fille, ou plutôt non : à cause de la valise. Ils craignent que ça se casse à l'intérieur.

Il ne va pas pouvoir goupiller son départ dans des conditions valables. D'autant que les coups de flingue rameutent les passants. Ça fait cercle alentour. La décarrade va pas être de la nougatine. Les trois grands méchants l'incommodent. Des Ricains, c'est signé. Tu peux pas trimbaler des frimes pareilles sans être *made in* U.S.A., impossible.

Il faut agir. S'il canarde, ils répondront et ça doit composter juste, ces G'men ; des pros ! Tiens, leur formation, en triangle. Tu croyais qu'ils étaient restés groupés, toi ? Fume ! Instinctivement, ils se sont déployés. Bon, alors ?

Une idée lui vient, diabolodiabolique.

— O.K., il leur crie en anglais, la valise contre ma liberté, sinon ça va être Fort Alamo, ça joue ?

Y en a un auquel il reste du sang jaune ; il paraît être le chef du trio. Il lance :

— O.K. !

Juste deux lettres, c'est bien pratique au lieu d'aller faire des discours à n'en plus finir.

Alors Stevena dépose la valise sur le pavé inégal de la cour. Plein de gens regardent à travers les grilles, passionnés, mais chiasseux, prêts à décamper si ça canarde.

Stevena fait un pas en arrière, puis deux. Les Ricains fixent la valise.

— Si vous bronchez avant que je sois parti, je défouraille dedans, annonce Stevena.

Effectivement, il braque la valoche. De sa main libre, caché par la fille morte de trouille, il prend dans sa poche une sorte de kiwi métallique. Tu comprends : il lui fallait récupérer l'usage de son autre main pour agir ainsi, d'où le marché proposé Du pouce, il actionne un cliquet, assez pareil à celui qui actionne un briquet. Puis il compte posément ; dans sa tête :

— Zéro, zéro un, zéro zéro deux, zéro zéro trois.

Poum, servez chaud.

Il balance le kiwi de métal, pas de façon héroïque, non, benoîtement, à la joueur de pétanque : toujours éviter les gestes brusques. Qu'ensuite, il se fait tout petit derrière Marie-Anne Dubois (dont on fait les pipes).

Putain, cette déflagration ! Du concentré d'automate ! Si je devais, moi, l'auteur éminent, « écrire ce bruit », me faudrait tant et tant de points d'exclamation qu'il en resterait plus un seul pour mes confrères quand ils écriraient « bigre ! ».

Les trois Ricains morflent, la môme aussi.

Ça rougeoie, ça poudroie, ça merdoie ! Stevena lâche la môme, bondit sur la valoche, l'empoigne et, cessant de finasser, joue son va-tout, que tant pis pour la casse.

Un superbe garçon du nom de San-Antonio met le nez à la porte. Il voudrait tirer, seulement le nuage consécutif à l'explosion l'en empêche, et comme, derrière le fuyard, se trouve la populace en fuite, il risquerait de se produire une bavade. Alors, cet être chevaleresque renonce à son dessein.

Pendant ce temps, Stevena avec sa valoche a rejoint sa bagnole. Son démarrage, même dans *Bullitt* y a pas le même. Il fonce comme un dingue. Le sang dégouline de son cou, mais, ouichtre, il soignera cela plus tard. Il est très calme, souriant. Il a gagné. Tant pis pour Boris qui ne participe pas au triomphe.

*
* *

Achille Parmentier est maintenant devant l'autre zone de tiroirs. Ce qu'il cherche se trouve dans celui du haut. Jamais il ne pourra se dresser suffisamment pour l'atteindre. Il n'est plus qu'une poitrine pourvue d'une tête et de deux bras. Le reste a disparu. Il va devoir renoncer. Oh ! Seigneur ! Si près du but. Il regarde ce putain de tiroir, tout goguenard, là-haut.

Dressé sur ses coudes, Parmentier se sent plus dérisoire qu'un pingouin.

Il essaie d'élever le bras, mais il est loin du compte. Alors, quoi ? On ferme ?

Il tente de reprendre des forces, de rassembler assez de lucidité pour pouvoir bien cerner la situation. Il est français, Achille Parmentier. Un Français se doit de systèmeder dans les cas importants. Mais il demeure hébété. Ses yeux embrumés se posent sur la jambe de l'homme mort, toujours acagnardé contre le fauteuil dans une attitude hallucinante. Le pantalon s'est retroussé et il aperçoit un poignard très long, fixé contre le mollet dans une gaine spéciale. Parmentier avance sa main tremblante. Il palpe, il s'évertue. Finit par s'emparer du poignard. Voilà ce qu'il lui fallait. Il se rassemble contre le bureau, engage la pointe de l'arme dans la poignée chromée du tiroir supérieur. Puis il tire. Heureusement, dans ces meubles ultramodernes, tout fonctionne avec des roulements à billes. Un vrai velours. En anglais : *velvet.*

Docile, le tiroir coulisse, mais, parvenu à bout de course, il reste bloqué, formant une espèce de petit auvent ridicule au-dessus d'Achille Parmentier.

*
* *

Stevena a levé le pied, comprenant que s'il continuait à cette allure, il ne tarderait pas à avoir des motards aux miches.

Son objectif ? Regagner Versailles, la grande maison où, à présent, deux cadavres sont en route pour la kermesse des asticots. Une fois là-bas, il planquera la valoche dans le jardin et téléphonera à Vienne. On lui enverra du dépannage ; on lui doit bien ça. Il exulte toujours, enivré par son fabuleux coup d'audace. Combien étaient-ils dans cet entrepôt de brocanteur à le canarder ? Une bonne demi-douzaine. Et il a eu raison d'eux, à lui tout seul. C'est même pas un mal que l'ami Boris y soit resté, son triomphe n'en est que plus éclatant. Il est déjà avenue de la Grande-Armée. Protégé par le flot des voitures, il pilote sagement. La valise brille sur le plancher de l'auto, côté passager.

*
* *

Parmentier enrage. La paralysie poursuit sa progression dans son corps détruit. Il sent encore battre son cœur fou, mais ses pulsations désordonnées ne vont pas durer longtemps. Elles le font penser à… à quoi ? Tout se brouille. L'objet qu'il convoite est là, à cinquante centimètres au-dessus de sa tête et il lui est impossible de l'atteindre. A moins que… Le fond du tiroir métallique est en tôle souple. Achille Parmentier assure le manche du poignard dans sa main et, conjuguant ce qui lui reste de forces, se met à larder le tiroir à l'aide du couteau. Il le perce, mais cela n'avance à rien. Il faudrait que… Il s'acharne. Le fond du tiroir fait trampolin, son contenu tressaute et se met à jaillir par-dessus le rebord épais d'une dizaine de centimètres. Il regarde pleuvoir des choses hétéroclites : une machine à calculer, un mètre de charpentier en bois, des crayons en pagaille. Tu vas venir, charogne ! Et il poignarde, poignarde avec la vigueur d'un Ravaillac illuminé. Une boîte distributrice de trombones, une boîte de dix cigares… L'objet se refuse à sortir. Il perçoit des cris, dehors. Des exclamations, des sirènes de police, d'autres, plus geignardes, d'ambulances…

Bordel de merde ! on va l'embarquer. Il faut faire vite. Vite ! Viiiiite ! Et il s'enrage. Soudain, flaouf ! Une chose plate et lourde, assez semblable à un appareil de télécommande, choit près de lui. Il s'en empare. Ses mains sont déjà froides, mais elles se réchauffent au contact de l'engin. Sur le sommet dudit, se trouve un bouton chromé qui dépasse de quatre ou cinq centimètres. Achille Parmentier n'a plus qu'à appuyer sur cette protubérance métallique. Il savoure.

A cet instant, des gens pénètrent dans son bureau.

Une voix s'exclame :

— Eh ben, mon vieux, c'est le Chemin des Dames ! Allez, Achille, c'est le moment !

*
* *

Stevena déboule du tunnel de Saint-Cloud. Voici l'autoroute. Il accélère. Cela fait la troisième fois en quelques heures qu'il se rend dans la périphérie de Versailles.

Il double des bagnoles, s'élance irrésistiblement. Devant lui, un lourd convoi hollandais, dans les tons bleu et blanc, barre la voie rapide. Ce con ! Il ne peut pas se cantonner sur la droite réservée aux véhicules lents ? Rageur, Stevena se met à le klaxonner. L'autre fait ce qu'il peut pour se rabattre. Il y parvient tant mal que bien. Stevena, en le remontant, aperçoit des mots bizarres, gigantesques, sertis de noir. Quel drôle de langage. Il n'a pas le temps de passer complètement le camion. Un mot hollandais peint sur une bâche sera son ultime vision du monde.

Car c'est l'instant où, boulevard Gouvion-Saint-Cyr, Achille Parmentier enfonce la touche chromée de son appareil.

Stevena est englouti dans un tonnerre de feu et de flammes. Il n'a pas le temps d'éprouver la moindre souffrance, tout juste un confus sentiment de stupeur qui disparaît en même temps que lui sans avoir eu le temps de se préciser.

PREMIER ÉPILOGUE

Le président achève la lecture de *Minute* au moment où je pénètre dans son cabinet particulier, dit « Bureau à la Rose ». Il le tend à son secrétaire étrange aux Affaires particulières.

— Très intéressant, lui dit-il, j'adore l'édito de François Brigneau.

Il me présente sa superbe main d'écrivain qu'on ne piège pas avec les subjonctifs les plus retors, même ceux de certains verbes du troisième groupe franchement abominables…

— Salut, commissaire. Vous, quand on vous en donne les moyens, vous employez les grands moyens !

Il se met à chantonner « Si Venise la belle a d'immenses lagunes ». Son secrétaire fait « tchi tchi » pour le rappeler à l'ordre. Alors, bon, le Pommier des Français revient à son bélier (moi).

— Combien de morts au cours de cette affaire, commissaire ?

— Je n'ai que dix doigts, monsieur le président, objecté-je.

Il soupire :

— Ce qui me chicane, ce sont nos amis américains. L'un est devenu unijambiste, m'a-t-on dit ?

— Le second, manchot, et le troisième n'a plus de testicules sauf le respect que je vous dois, monsieur le président.

Le Septenneur joint les mains.

— Quelle horreur ! fait-il, enfin je préfère que cela lui soit arrivé plutôt qu'à moi ; un Américain c'est un Américain, n'est-ce pas ?

— Exactement ce que je pensais, monsieur le président.

— Des testicules donnés à ces gens-là, c'est de la confiture donnée à des diabétiques. Où en sommes-nous ?

— Plein succès.

— Vous trouvez ?

— Si l'on excepte les désagréments ci-dessus dont ont souffert nos amis yankees, nos effectifs à nous sortent indemnes de l'aventure.

— Bon, c'est déjà ça.

— Tous les vilains y ont laissé leurs os.

— Ma foi, il ne fallait pas qu'ils y aillent !

— Exactement.

— Officiellement, l'invention a disparu et les services secrets U.S. pourront toujours la chercher…

— Elle a été désintégrée par l'explosion sur l'autoroute.

— Qu'ils se rangent à cette version si le cœur leur en dit !

— Le gaz toxique ne craint pas de contaminer, mes chères Françaises ni mes chers Français ?

— En aucun cas, monsieur le président.

Je baisse le ton.

— Monsieur le président, pourrais-je demeurer en tête-à-tête quelques instants ?

— Mais nous sommes en tête !

— Non, fais-je en désignant le secrétaire d'un hochement de menton.

Le président hoche la tête, puis soupire :

— Soit.

Et, à l'intéressé, pâle d'humiliation :

— Cher ami, voulez-vous aller me chercher le *Figaro Magazine*, je vous prie ?

Le gars sort. Je raconte la vérité à mon illustre interlocuteur. Les gaz dans le laboratoire du professeur Badablum.

— A présent, grâce à ce qui s'est passé, nous allons pouvoir les conserver, purement et simplement, puisque les trois Ricains, malgré les tracasseries physiques dont ils furent victimes, peuvent témoigner de notre bonne foi.

Tu connais notre président ?

C'est pas le genre d'hommes qui se marre tellement. Quand il lui arrive de sourire, on dirait la pube des pilules *Trucmuche* pour les maux d'estom', la photo illustrant « avant » la prise du remède. En comparaison, Buster Keaton a l'air d'un joyeux drille !

Mais alors là, il éclate d'un rire franc et massif, crois-moi. A se claquer la cuisse, à cogner sa tête contre son sous-main (qu'il a repris en sous-main à son prédécesseur).

Il s'étrangle, il trépigne.

Et puis, tu sais quoi ?

Il me tend sa dextre : la plus belle, celle avec laquelle il signe les accords internationaux et le livre d'or de l'Arc.

— Ma-gis-tral ! pouffe notre roi à tous. Bien joué ! Superbe ! Vous méritez les deux oreilles et la queue ! J'aime les gens qui font preuve d'initiative. Ça vous dirait d'être Premier ministre ?

SECOND ÉPILOGUE

La collaboratrice du professeur Badablum a une figure de catastrophe.

D'emblée je pressens un malheur.

Rogue, elle me balance :

— Ah ! vous ! Oh ! vous !

— Moi, quoi ? je blablute.

— Vous pourriez garder vos saloperies.

— Il est arrivé malheur au professeur ?

— Pour un malheur, c'est un malheur !

— Il… il est… mort ?

— Tout de même pas. Mais… Suivez-moi !

Elle m'entraîne par des couloirs jusqu'à une petite pièce carrelée où l'on a installé un lit d'hôpital.

Badablum y est couché, le teint frais, l'œil pétillant. C'est un grand scientifique, le prof. Pas une mauviette.

Il m'accueille chaleureusement, contrairement à sa houri.

— Oh ! mon bon, quelle joie de vous voir !

Je suis tout contrit, tout coagulé de l'âme.

— Il paraît que cette maudite invention vous a causé un… un grave préjudice ?

— Qui vous a baillé une telle baliverne ?

— Votre collaboratrice !

— La bécasse idiote ! Seulement, mon cher San-Antonio, il ne s'agit pas du tout d'un gaz mortel ! Ces malins d'Américains vous ont raconté cette fable pour vous effrayer et vous ôter toute idée d'agir comme vous avez malgré tout agi.

— Alors, si ce n'est pas le gaz terrifiant qu'ils nous annonçaient, qu'est-ce donc, professeur ?

— Un transmuteur de conformation.

— Vous pouvez préciser, professeur ?

— Au lieu de vous ennuyer avec un exposé difficile à suivre, je préfère vous montrer.

Il rabat d'un geste ample drap et couverture, retrousse sa chemise d'hôpital.

Gêné, je me force à regarder.

Un sexe de femme ! Le professeur Badablum est devenu une dame !

— Prodigieux, non ? exulte le savant. En quelques heures ! Vous imaginez l'impact d'une pareille découverte, commissaire ? Il suffit d'inhaler zéro zéro zéro un millimètre cube de ce gaz pour voir s'opérer le phénomène ! Songez aux conséquences. Tenez, au niveau politique : les chefs d'Etat mués en bonnes femmes. Le colonel Kadhafi devenant fatma, la reine d'Angleterre… Non, pas elle, ça ne changerait pas grand-chose, mais Mme Bardot, par exemple, virilisée, s'en allant soudain chasser le phoque sur la banquise. Jacques Chazot… Hein ? Georges Marchais ? Ça vous amuserait de… Attendez, j'ai prélevé un échantillon de démonstration…

Un qui se taille, coudes au corps, sans dire au revoir, c'est l'Antonio !

Au moment qu'on met ce *book* sous presse, je cours encore !

FIN

MORCEAUX CHOISIS

Ironiques, insolentes, cinglantes, corrosives,
cruelles, paillardes ou hilarantes,
les réflexions de San-Antonio vous feront
pleurer de rire ou grincer des dents.

Disponibles chez votre libraire :

1. Réflexions énamourées sur les femmes
2. Réflexions pointées sur le sexe
3. Réflexions poivrées sur la jactance
4. Réflexions appuyées sur la connerie
5. Réflexions sur les gens de chez nous et d'ailleurs
6. Réflexions passionnées sur l'amour
7. Réflexions branlantes sur la philosophie
8. Réflexions croustillantes sur nos semblables
9. Réflexions définitives sur l'au-delà
10. Réflexions jubilatoires sur l'existence

San-Antonio : mode d'emploi

Photo © J. Andanson/Sygma

Un guide de lecture inédit élaboré
par Raymond Milési

REMONTEZ LE FLEUVE AVEC LE COMMISSAIRE SAN-ANTONIO

La première aventure du commissaire San-Antonio est parue en 1949. Peu à peu, ce personnage au punch et à la sincérité extraordinaires a pris dans le cœur des lecteurs de tous âges une place si importante qu'on peut parler à son sujet de véritable *phénomène*. Qu'il s'agisse de son exceptionnel succès dans l'édition ou de l'enthousiasme qu'il provoque, on est en droit de le situer — et de loin — au premier rang des « héros littéraires » de notre pays.

1. Bibliographie des aventures de San-Antonio

A) La série

Aujourd'hui, la série est disponible dans une collection appelée « *San-Antonio* », **avec une numérotation qui ne tient pas compte — pour une bonne partie — de l'ordre originel des parutions**. C'est également cette numérotation qui est proposée, depuis 1997, dans la liste présente au début de tous les San-

Antonio. La bibliographie ci-dessous est rétablie dans son ordre *chronologique*, respectant les dates de parutions.

Toutefois, le numéro **actuel** figure en bonne place après chaque titre. On le trouvera entre parenthèses et en caractères gras, précédé de la mention **S-A**.

•••••••

Le tout premier « San-Antonio », **RÉGLEZ-LUI SON COMPTE**, est paru en 1949, aux éditions Jacquier (Lyon). Le Fleuve Noir a repris cet ouvrage en 1981, dans la collection « *San-Antonio* », **(S-A 107)**. On le retrouvera, à son rang, dans la bibliographie.

• 1950-1972 : la collection « Spécial-Police »

Après l'année de sortie et le **TITRE**, sont mentionnés la collection d'origine (Spécial-Police, avec le numéro jadis attribué au livre dans cette collection), puis le numéro actuel (**S-A**). « **O.C.** » signale que le titre a été réédité dans les *Œuvres complètes* — volumes reliés comportant chacun quatre ou cinq romans —, le numéro du tome étant précisé en chiffres romains.

1950 **LAISSEZ TOMBER LA FILLE**
Spécial-Police 11 — **(S-A 43)** — O.C. III

1951 **LES SOURIS ONT LA PEAU TENDRE**
Spécial-Police 19 — **(S-A 44)** — O.C. II

1952 **MES HOMMAGES À LA DONZELLE**
Spécial-Police 30 — **(S-A 45)** — O.C. X

1953 **DU PLOMB DANS LES TRIPES**
Spécial-Police 35 — (**S-A 47**) — O.C. XII

1953 **DES DRAGÉES SANS BAPT ME**
Spécial-Police 38 — (**S-A 48**) — O.C. IV

1953 **DES CLIENTES POUR LA MORGUE**
Spécial-Police 40 — (**S-A 49**) — O.C. VI

1953 **DESCENDEZ-LE À LA PROCHAINE**
Spécial-Police 43 — (**S-A 50**) — O.C. VII

1954 **PASSEZ-MOI LA JOCONDE**
Spécial-Police 48 — (**S-A 2**) — O.C. I

1954 **SÉRÉNADE POUR UNE SOURIS DÉFUNTE**
Spécial-Police 52 — (**S-A 3**) — O.C. VIII

1954 **RUE DES MACCHABÉES**
Spécial-Police 57 — (**S-A 4**) — O.C. VIII

1954 **BAS LES PATTES !**
Spécial-Police 59 — (**S-A 51**) — O.C. XI

1954 **DEUIL EXPRESS**
Spécial-Police 63 — (**S-A 53**) — O.C. IV

1955 **J'AI BIEN L'HONNEUR DE VOUS BUTER**
Spécial-Police 67 — (**S-A 54**) — O.C. VIII

1955 **C'EST MORT ET ÇA NE SAIT PAS !**
Spécial-Police 71 — (**S-A 55**) — O.C. XIII

1955 **MESSIEURS LES HOMMES**
Spécial-Police 76 — (**S-A 56**) — O.C. II

1955 **DU MOURON À SE FAIRE**
Spécial-Police 81 — (**S-A 57**) — O.C. XV

1955 **LE FIL À COUPER LE BEURRE**
Spécial-Police 85 — (**S-A 58**) — O.C. XI

1956 **FAIS GAFFE À TES OS**
Spécial-Police 90 — (**S-A 59**) — O.C. III

1956 **À TUE... ET À TOI**
Spécial-Police 93 — **(S-A 61)** — O.C. VI

1956 **ÇA TOURNE AU VINAIGRE**
Spécial-Police 101 — **(S-A 62)** — O.C. IV

1956 **LES DOIGTS DANS LE NEZ**
Spécial-Police 108 — **(S-A 63)** — O.C. VII

1957 **AU SUIVANT DE CES MESSIEURS**
Spécial-Police 111 — **(S-A 65)** — O.C. IX

1957 **DES GUEULES D'ENTERREMENT**
Spécial-Police 117 — **(S-A 66)** — O.C. IX

1957 **LES ANGES SE FONT PLUMER**
Spécial-Police 123 — **(S-A 67)** — O.C. XII

1957 **LA TOMBOLA DES VOYOUS**
Spécial-Police 129 — **(S-A 68)** — O.C. IV

1957 **J'AI PEUR DES MOUCHES**
Spécial-Police 141 — **(S-A 70)** — O.C. I

1958 **LE SECRET DE POLICHINELLE**
Spécial-Police 145 — **(S-A 71)** — O.C. III

1958 **DU POULET AU MENU**
Spécial-Police 151 — **(S-A 72)** — O.C. V

1958 **TU VAS TRINQUER, SAN-ANTONIO**
Spécial-Police 157 — **(S-A 40)** — O.C. V
(tout en pouvant se lire séparément, ces deux derniers romans constituent une même histoire en deux parties)

1958 **EN LONG, EN LARGE ET EN TRAVERS**
Spécial-Police 163 — **(S-A 7)** — O.C. XIII

1958 **LA VÉRITÉ EN SALADE**
Spécial-Police 173 — **(S-A 8)** — O.C. VI

1959 **PRENEZ-EN DE LA GRAINE**
Spécial-Police 179 — **(S-A 73)** — O.C. II

1959 **ON T'ENVERRA DU MONDE**
Spécial-Police 188 — (**S-A 74**) — O.C. VII

1959 **SAN-ANTONIO MET LE PAQUET**
Spécial-Police 194 — (**S-A 76**) — O.C. IX

1959 **ENTRE LA VIE ET LA MORGUE**
Spécial-Police 201 — (**S-A 77**) — O.C. IX

1959 **TOUT LE PLAISIR EST POUR MOI**
Spécial-Police 207 — (**S-A 9**) — O.C. XIII

1960 **DU SIROP POUR LES GU PES**
Spécial-Police 216 — (**S-A 5**) — O.C. II

1960 **DU BRUT POUR LES BRUTES**
Spécial-Police 225 — (**S-A 15**) — O.C. IX

1960 **J'SUIS COMME ÇA**
Spécial-Police 233 — (**S-A 16**) — O.C. VI

1960 **SAN-ANTONIO RENVOIE LA BALLE**
Spécial-Police 238 — (**S-A 78**) — O.C. VII

1960 **BERCEUSE POUR BÉRURIER**
Spécial-Police 244 — (**S-A 80**) — O.C. IV

1961 **NE MANGEZ PAS LA CONSIGNE**
Spécial-Police 250 — (**S-A 81**) — O.C. XI

1961 **LA FIN DES HARICOTS**
Spécial-Police 259 — (**S-A 83**) — O.C. X

1961 **Y A BON, SAN-ANTONIO**
Spécial-Police 265 — (**S-A 84**) — O.C. VIII

1961 **DE « A » JUSQU'A « Z »**
Spécial-Police 273 — (**S-A 86**) — O.C. XII

1961 **SAN-ANTONIO CHEZ LES MAC**
Spécial-Police 281 — (**S-A 18**) — O.C. VII

1962 **FLEUR DE NAVE VINAIGRETTE**
Spécial-Police 293 — (**S-A 10**) — O.C. I

1962 **MÉNAGE TES MÉNINGES**
Spécial-Police 305 — **(S-A 11)** — O.C. IX

1962 **LE LOUP HABILLÉ EN GRAND-MÈRE**
Spécial-Police 317 — **(S-A 12)** — O.C. X

1962 **SAN-ANTONIO CHEZ LES « GONES »**
Spécial-Police 321 — **(S-A 13)** — O.C. V

1963 **SAN-ANTONIO POLKA**
Spécial-Police 333 — **(S-A 19)** — O.C. V

1963 **EN PEIGNANT LA GIRAFE**
Spécial-Police 343 — **(S-A 14)** — O.C. II

1963 **LE COUP DU PÈRE FRANÇOIS**
Spécial-Police 358 — **(S-A 21)** — O.C. XI

1963 **LE GALA DES EMPLUMÉS**
Spécial-Police 385 — **(S-A 41)** — O.C. V

1964 **VOTEZ BÉRURIER**
Spécial-Police 391 — **(S-A 22)** — O.C. I

1964 **BÉRURIER AU SÉRAIL**
Spécial-Police 427 — **(S-A 87)** — O.C. III

1965 **LA RATE AU COURT-BOUILLON**
Spécial-Police 443 — **(S-A 88)** — O.C. I

1965 **VAS-Y BÉRU !**
Spécial-Police 485 — **(S-A 23)** — O.C. VIII

1966 **TANGO CHINETOQUE**
Spécial-Police 511 — **(S-A 24)** — O.C. VI

1966 **SALUT, MON POPE !**
Spécial-Police 523 — **(S-A 25)** — O.C. X

1966 **MANGE ET TAIS-TOI**
Spécial-Police 565 — **(S-A 27)** — O.C. XII

1967 **FAUT ÊTRE LOGIQUE**
Spécial-Police 577 — **(S-A 28)** — O.C. X

1967 **Y A DE L'ACTION !**
Spécial-Police 589 — (**S-A 29**) — O.C. XIII

1967 **BÉRU CONTRE SAN-ANTONIO**
Spécial-Police 613 — (**S-A 31**) — O.C. XII

1967 **L'ARCHIPEL DES MALOTRUS**
Spécial-Police 631 — (**S-A 32**) — O.C. XI

1968 **ZÉRO POUR LA QUESTION**
Spécial-Police 643 — (**S-A 34**) — O.C. XIII

1968 **BRAVO, DOCTEUR BÉRU**
Spécial-Police 661 — (**S-A 35**) — O.C. XIV

1968 **VIVA BERTAGA**
Spécial-Police 679 — (**S-A 37**) — O.C. XIV

1968 **UN ÉLÉPHANT, ÇA TROMPE**
Spécial-Police 697 — (**S-A 38**) — O.C. XIV

1969 **FAUT-IL VOUS L'ENVELOPPER ?**
Spécial-Police 709 — (**S-A 39**) — O.C. XIV

1969 **EN AVANT LA MOUJIK**
Spécial-Police 766 — (**S-A 89**) — O.C. XIV

1970 **MA LANGUE AU CHAH**
Spécial-Police 780 — (**S-A 90**) — O.C. XV

1970 **ÇA MANGE PAS DE PAIN**
Spécial-Police 829 — (**S-A 92**) — O.C. XV

1971 **N'EN JETEZ PLUS !**
Spécial-Police 864 — (**S-A 93**) — O.C. XV

1971 **MOI, VOUS ME CONNAISSEZ ?**
Spécial-Police 893 — (**S-A 94**) — O.C. XV

1972 **EMBALLAGE CADEAU**
Spécial-Police 936 — (**S-A 96**) — O.C. XVI

1972 **APPELEZ-MOI CHÉRIE**
Spécial-Police 965 — (**S-A 97**) — O.C. XVI

1972 **T'ES BEAU, TU SAIS !**
Spécial-Police 980 — (**S-A 99**) — O.C. XVI
(dernier roman paru dans la collection Spécial-Police)

• 1973-1979 : la collection « San-Antonio », numérotation anachronique

En 1973 débute la collection « *San-Antonio* ». Désormais, tous les romans y paraîtront. De 1973 à 1979, les 78 titres précédents sont republiés sous leur nouvelle numérotation, entrecoupés des 21 inédits suivants. Les numéros affichés — *et qui figurent aujourd'hui sur les livres* — se poursuivent donc de manière anachronique. On les trouve toujours ci-dessous précédés de **S-A**.

1973 **ÇA NE S'INVENTE PAS**
(**S-A 1**) — O.C. XVI

1973 **J'AI ESSAYÉ, ON PEUT !**
(**S-A 6**) — O.C. XVII

1974 **UN OS DANS LA NOCE**
(**S-A 17**) — O.C. XVII

1974 **LES PRÉDICTIONS DE NOSTRABÉRUS**
(**S-A 20**) — O.C. XVII

1974 **METS TON DOIGT OÙ J'AI MON DOIGT**
(**S-A 26**) — O.C. XVII

1974 **SI, SIGNORE**
(**S-A 30**) — O.C. XVIII

1975 **MAMAN, LES PETITS BATEAUX**
(**S-A 33**) — O.C. XVIII

1975 **LA VIE PRIVÉE DE WALTER KLOZETT**
(S-A 36) — O.C. XVIII

1975 **DIS BONJOUR À LA DAME**
(S-A 42) — O.C. XVIII

1975 **CERTAINES L'AIMENT CHAUVE**
(S-A 46) — O.C. XIX

1976 **CONCERTO POUR PORTE-JARRETELLES**
(S-A 52) — O.C. XIX

1976 **SUCETTE BOULEVARD**
(S-A 60) — O.C. XIX

1977 **REMETS TON SLIP, GONDOLIER**
(S-A 64) — O.C. XIX

1977 **CHÉRIE, PASSE-MOI TES MICROBES !**
(S-A 69) — O.C. XX

1977 **UNE BANANE DANS L'OREILLE**
(S-A 75) — O.C. XX

1977 **HUE, DADA !**
(S-A 79) — O.C. XX

1978 **VOL AU-DESSUS D'UN LIT DE COCU**
(S-A 82) — O.C. XX

1978 **SI MA TANTE EN AVAIT**
(S-A 85) — O.C. XXI

1978 **FAIS-MOI DES CHOSES**
(S-A 91) — O.C. XXI

1978 **VIENS AVEC TON CIERGE**
(S-A 95) — O.C. XXI

1979 **MON CULTE SUR LA COMMODE**
(S-A 98) — O.C. XXI

• 1979-2000 : la collection « San-Antonio », numérotation chronologique

Toutes les rééditions sont à présent numérotées de **1** à **99** dans la collection « San-Antonio ». À partir du **100**e roman ci-dessous, la numérotation affichée sur les ouvrages — *disponibles aujourd'hui* — coïncide avec l'ordre chronologique.

1979 **TIRE-M'EN DEUX, C'EST POUR OFFRIR**
(**S-A 100**) — O.C. XXII

1980 **À PRENDRE OU À LÉCHER**
(**S-A 101**) — O.C. XXII

1980 **BAISE-BALL À LA BAULE**
(**S-A 102**) — O.C. XXII

1980 **MEURS PAS, ON A DU MONDE**
(**S-A 103**) — O.C. XXII

1980 **TARTE À LA CRÈME STORY**
(**S-A 104**) — O.C. XXIII

1981 **ON LIQUIDE ET ON S'EN VA**
(**S-A 105**) — O.C. XXIII

1981 **CHAMPAGNE POUR TOUT LE MONDE !**
(**S-A 106**) — O.C. XXIII

1981 **RÉGLEZ-LUI SON COMPTE !**
(**S-A 107**) (reprise au Fleuve Noir du tout premier « San-Antonio » paru en 1949) — O.C. XXIV

1982 **LA PUTE ENCHANTÉE**
(**S-A 108**) — O.C. XXIII

1982 **BOUGE TON PIED QUE JE VOIE LA MER**
(**S-A 109**) — O.C. XXIV

1982 **L'ANNÉE DE LA MOULE**
(S-A 110) — O.C. XXIV

1982 **DU BOIS DONT ON FAIT LES PIPES**
(S-A 111) — O.C. XXIV

1983 **VA DONC M'ATTENDRE CHEZ PLUMEAU**
(S-A 112) — O.C. XXV

1983 **MORPION CIRCUS**
(S-A 113) — O.C. XXV

1983 **REMOUILLE-MOI LA COMPRESSE**
(S-A 114) — O.C. XXV

1983 **SI MAMAN ME VOYAIT**
(S-A 115) — O.C. XXV

1984 **DES GONZESSES COMME S'IL EN PLEUVAIT**
(S-A 116) — O.C. XXVI

1984 **LES DEUX OREILLES ET LA QUEUE**
(S-A 117) — O.C. XXVI

1984 **PLEINS FEUX SUR LE TUTU**
(S-A 118) — O.C. XXVI

1985 **LAISSEZ POUSSER LES ASPERGES**
(S-A 119) — O.C. XXVI

1985 **POISON D'AVRIL, OU LA VIE SEXUELLE DE LILI PUTE**
(S-A 120) — O.C. XXVII

1985 **BACCHANALE CHEZ LA MÈRE TATZI**
(S-A 121) — O.C. XXVII

1985 **DÉGUSTEZ, GOURMANDES !**
(S-A 122) — O.C. XXVII

1985 **PLEIN LES MOUSTACHES**
(S-A 123) — O.C. XXVII

1986 **APRÈS VOUS S'IL EN RESTE, MONSIEUR LE PRÉSIDENT**
(S-A 124) — O.C. XXVIII

1986 **CHAUDS, LES LAPINS !**
(S-A 125) — O.C. XXVIII

1986 **ALICE AU PAYS DES MERGUEZ**
(S-A 126) — O.C. XXVIII

1986 **FAIS PAS DANS LE PORNO...** (S-A 127) — O.C. XXVIII
(également en feuilleton dans *Le Matin de Paris*)

1986 **LA FÊTE DES PAIRES**
(S-A 128) — O.C. XXIX

1987 **LE CASSE DE L'ONCLE TOM**
(S-A 129) — O.C. XXIX

1987 **BONS BAISERS OÙ TU SAIS**
(S-A 130) — O.C. XXIX

1987 **LE TROUILLOMÈTRE À ZÉRO**
(S-A 131) — O.C. XXIX

1987 **CIRCULEZ ! Y A RIEN À VOIR**
(S-A 132)

1987 **GALANTINE DE VOLAILLE POUR DAMES FRIVOLES**
(S-A 133)

1988 **LES MORUES SE DESSALENT**
(S-A 134)

1988 **ÇA BAIGNE DANS LE BÉTON**
(S-A 135)

1988 **BAISSE LA PRESSION, TU ME LES GONFLES !**
(S-A 136)

1988 **RENIFLE, C'EST DE LA VRAIE**
(S-A 137)

1989 **LE CRI DU MORPION**
(S-A 138)

1989 **PAPA, ACHÈTE-MOI UNE PUTE**
(S-A 139)

1989 **MA CAVALE AU CANADA**
(S-A 140)

1989 **VALSEZ, POUFFIASSES**
(S-A 141)

1989 **TARTE AUX POILS SUR COMMANDE**
(S-A 142)

1990 **COCOTTES-MINUTE**
(S-A 143)

1990 **PRINCESSE PATTE-EN-L'AIR**
(S-A 144)

1990 **AU BAL DES ROMBIÈRES**
(S-A 145)

1991 **BUFFALO BIDE**
(S-A 146)

1991 **BOSPHORE ET FAIS RELUIRE**
(S-A 147)

1991 **LES COCHONS SONT LÂCHÉS**
(S-A 148)

1991 **LE HARENG PERD SES PLUMES**
(S-A 149)

1991 **TÊTES ET SACS DE NŒUDS**
(S-A 150)

1992 **LE SILENCE DES HOMARDS**
(S-A 151)

1992 **Y EN AVAIT DANS LES PÂTES**
(S-A 152)

1992 **AL CAPOTE**
(S-A 153)

1993 **FAITES CHAUFFER LA COLLE**
(S-A 154)

1993 **LA MATRONE DES SLEEPINGES**
(S-A 155)

1993 **FOIRIDON À MORBAC CITY**
(S-A 156)

1993 **ALLEZ DONC FAIRE ÇA PLUS LOIN**
(S-A 157)

1993 **AUX FRAIS DE LA PRINCESSE**
(S-A 158)

1994 **SAUCE TOMATE SUR CANAPÉ**
(S-A 159)

1994 **MESDAMES VOUS AIMEZ « ÇA »**
(S-A 160)

1994 **MAMAN, LA DAME FAIT RIEN QU'À ME FAIRE DES CHOSES**
(S-A 161)

1995 **LES HUÎTRES ME FONT BÂILLER**
(S-A 162)

1995 **TURLUTE GRATOS LES JOURS FÉRIÉS**
(S-A 163)

1995 **LES EUNUQUES NE SONT JAMAIS CHAUVES**
(S-A 164)

1995 **LE PÉTOMANE NE RÉPOND PLUS**
(S-A 165)

1996 **T'ASSIEDS PAS SUR LE COMPTE-GOUTTES**
(S-A 166)

1996 **DE L'ANTIGEL DANS LE CALBUTE**
(S-A 167)

1997 **LA QUEUE EN TROMPETTE**
(S-A 168)

1997 **GRIMPE-LA EN DANSEUSE**
(S-A 169)

1997 **NE SOLDEZ PAS GRAND-MÈRE, ELLE BROSSE ENCORE**
(S-A 170)

1998 **DU SABLE DANS LA VASELINE**
(S-A 171)

1999 **CECI EST BIEN UNE PIPE**
(S-A 172)

1999 **TREMPE TON PAIN DANS LA SOUPE**
(S-A 173)

1999 **LÂCHE-LE, IL TIENDRA TOUT SEUL**
(S-A 174)
(tout en pouvant se lire séparément, ces deux derniers romans constituent une même histoire en deux parties)

2000 **CÉRÉALES KILLER**
(S-A 175)

B) Les Hors-Collection

Huit romans, de format plus imposant que ceux de la « série », sont parus de 1964 à 1976. Tous les originaux aux éditions FLEUVE NOIR, forts volumes cartonnés jusqu'en 1971, puis brochés. Ces ouvrages sont de véritables feux d'artifice allumés par la verve de leur auteur. L'humour atteint ici son paroxysme. Bérurier y tient une place « énorme », au point d'en être parfois la vedette !

Remarque importante : outre ces huit volumes, de nombreux autres « Hors-Collection » — originaux ou rééditions de *Frédéric Dard* — signés **San-Antonio** ont été publiés depuis 1979. Ces livres remarquables, souvent bouleversants *(Faut-il tuer les petits garçons qui ont les mains sur les hanches ?, La vieille qui marchait dans la mer, Le dragon de Cracovie...)* ne concernent pas notre policier de choc et de charme.

Sont mentionnés dans les « Hors-Collection » ci-dessous uniquement les romans dans lesquels figure le **Commissaire San-Antonio !**

L'HISTOIRE DE FRANCE VUE PAR SAN-ANTONIO, 1964 — réédité en 1997 sous le titre **HISTOIRE DE FRANCE**

LE STANDINGE SELON BÉRURIER, 1965 — réédité en 1999 sous le titre **LE STANDINGE**

BÉRU ET CES DAMES, 1967, réédité en 2000

LES VACANCES DE BÉRURIER, 1969, réédité en 2001

BÉRU-BÉRU, 1970

LA SEXUALITÉ, 1971

LES CON, 1973

SI QUEUE-D'ÂNE M'ÉTAIT CONTÉ, 1976 (aventure entièrement vécue et racontée par Bérurier) — réédité en 1998 sous le titre **QUEUE-D'ÂNE.**

NAPOLÉON POMMIER, 2000

2. Guide thématique de la série « San-Antonio »

Les aventures de San-Antonio sont d'une telle richesse que toute tentative pour les classifier ne prêterait — au mieux — qu'à sourire si l'on devait s'en tenir là. Une mise en schéma d'une telle œuvre n'a d'intérêt que comme jalon, à dépasser d'urgence pour aller voir « sur place ». Comment rendre compte d'une explosion permanente ? Ce petit guide thématique n'est donc qu'une « approche » partielle, réductrice, observation d'une constellation par le tout petit bout de la lorgnette. San-Antonio, on ne peut le connaître qu'en le lisant, tout entier, en allant se regarder soi-même dans le miroir qu'il nous tend, le cœur et les yeux grands ouverts.

Dans les 174 romans numérotés parus jusqu'à fin 2000 au Fleuve Noir, on peut dénombrer, en simplifiant à l'extrême, 10 types de récits différents. Bien entendu, les sujets annexes abondent ! C'est pourquoi seul a été relevé ce qu'on peut estimer comme le thème « principal » de chaque livre.

Le procédé vaut ce qu'il vaut, n'oublions pas que « simplifier c'est fausser ». Mais il permet — en gros, en très gros ! — de savoir de quoi parlent les *San-Antonio*, sur le plan « polar ». J'insiste : gardons à l'esprit que là n'est pas le plus important. *Le plus important, c'est ce qui se passe entre le lecteur et l'auteur, et qu'on ne pourra jamais classer dans telle ou telle catégorie*.

Mode d'emploi

Comme il serait beaucoup trop long de reprendre tous les titres, seuls leurs *numéros* sont indiqués sous chaque rubrique. Ce sont les numéros de l' *actuelle* collection « *San-Antonio* », c'est pourquoi ils sont tous précédés de S-A.

Néanmoins, ils sont chaque fois rangés dans l'ordre chronologique des parutions : du plus ancien roman au plus récent (comme dans la Bibliographie).

Rappel : pour retrouver un titre à partir de ces numéros, il suffit de consulter la liste qui vous est proposée au début de chaque San-Antonio depuis 1997.

A. Aventures de Guerre, ou faisant suite à la Guerre.

Pendant le conflit 39-45, San-Antonio est l'as des *Services Secrets*. Résistance, sabotages, chasse aux espions avec actions d'éclat. On plonge ici dans la « guerre secrète ».

→ S-A **107** (reprise du tout premier roman de 1949) • S-A **43** • S-A **44** • S-A **47**

Dans les années d'après-guerre, le commissaire poursuit un temps son activité au parfum de contre-espionnage (espions à identifier, anciens « collabos », règlements de comptes, criminels de guerre, trésors de guerre). Ce thème connaît certains prolongements, bien des années plus tard.

→ S-A **45** • S-A **50** • S-A **63** • S-A **68** • S-A **78**

B. Lutte acharnée contre anciens (ou néo-) nazis.

La Guerre n'est plus du tout le « motif » de ces aventures, même si l'enquête oppose en général San-Antonio à d'anciens nazis, avec un fréquent *mystère à élucider*. C'est pourquoi il était plus clair d'ouvrir une nouvelle rubrique. Les ennemis ont changé d'identité et refont surface, animés de noires intentions ; à moins qu'il s'agisse de néo-nazis, tout aussi malfaisants.

→ S-A **54** • S-A **58** • S-A **59** • S-A **38** • S-A **92** • S-A **93** • S-A **42** • S-A **123** • S-A **151**

C. San-Antonio opposé à de dangereux trafiquants.

Le plus souvent en mission à l'étranger, San-Antonio risque sa vie pour venir à bout d'individus ou réseaux qui s'enrichissent dans le trafic de la drogue, des armes, des diamants… Les aventures démarrent pour une autre raison puis le trafic est découvert et San-Antonio se lance dans la bagarre.

→ S-A **3** • S-A **65** • S-A **67** • S-A **18** • S-A **14** • S-A **110** • S-A **159**

D. San-Antonio contre des sociétés secrètes : un homme traqué !

De puissantes organisations ne reculent devant rien pour conquérir pouvoir et richesse : *Mafia* (affrontée par ailleurs de manière « secondaire ») ou *sociétés secrètes* asiatiques. Elles feront de notre héros un homme traqué, seul contre tous. Il ne s'en sortira qu'en déployant des trésors d'ingéniosité et de courage.

→ S-A **51** • S-A **138** • S-A **144** • S-A **160** • S-A **170** • S-A **171** • S-A **172** • S-A **173**

Certains réseaux internationaux visent moins le profit que le chaos universel. San-Antonio doit alors défier lors d'aventures échevelées des groupes *terroristes* qui cherchent à dominer le monde. Frissons garantis !

→ S-A **34** • S-A **85** • S-A **103** • S-A **108**

E. Aventures *personnelles* : épreuves physiques et morales.

Meurtri dans sa chair et ses sentiments, San-Antonio doit *s'arracher à des pièges mortels.* Sa « personne » — quelquefois sa famille, ses amis — est ici directement visée par des individus pervers et obstinés. Jeté aux enfers, il remonte la pente et nous partageons ses tourments. C'est sans doute la raison pour laquelle plusieurs de ces romans prennent rang de *chefs-d'œuvre.* Bien souvent, le lecteur en sort laminé par les émotions éprouvées, ayant tout vécu de l'intérieur !

→ S-A **61** • S-A **70** • S-A **86** • S-A **27** • S-A **97** • S-A **36** • S-A **111** • S-A **122** • S-A **131** • S-A **132** • S-A **139** • S-A **140** • S-A **174**

F. À la poursuite de voleurs ou de meurtriers (thème le plus copieux)

Pour autant, on peut rarement parler de polars « classiques ». Ce sont clairement des enquêtes, mais à la manière de San-Antonio !

• Enquêtes « centrées » sur le vol ou l'escroquerie.

Les meurtres n'y manquent pas, mais l'affaire tourne toujours autour d'un vol (parfois chantage, ou fausse monnaie…). Peu à peu, l'étau se resserre autour des malfaiteurs, que San-Antonio, aux méthodes « risquées », finit par ramener dans ses filets grâce à son cerveau, ses poings et ses adjoints.

→ S-A **2** • S-A **62** • S-A **73** • S-A **80** • S-A **10** • S-A **25** • S-A **90** • S-A **113** • S-A **149**

• **Enquêtes « centrées » sur le meurtre.**

A l'inverse, ces aventures ont le meurtre pour fil conducteur. San-Antonio doit démêler l'écheveau et mettre la main sur le coupable, en échappant bien des fois à la mort. Vol et chantage sont d'actualité, mais au second plan.

→ S-A **55** • S-A **8** • S-A **76** • S-A **9** • S-A **5** • S-A **81** • S-A **83** • S-A **84 3** S-A **41** • S-A **22** • S-A **23** • S-A **28** • S-A **35** • S-A **94** • S-A **17** • S-A **26** • S-A **60** • S-A **100** • S-A **116** • S-A **127** • S-A **128** • S-A **129** • S-A **133** • S-A **135** • S-A **137** • S-A **143** • S-A **145** • S-A **152** • S-A **161** • S-A **163**

• (Variante) **Vols ou meurtres *dans le cadre d'une même famille*.**

→ S-A **4** • S-A **7** • S-A **74** • S-A **46** • S-A **91** • S-A **114** • S-A **141** • S-A **148** • S-A **154** • S-A **165**

G. Affaires d'enlèvements

Double but à cette *poursuite impitoyable* : retrouver les ravisseurs et préserver les victimes !

→ S-A **56** (porté à l'écran sous le titre *Sale temps pour les mouches*) • S-A **16** • S-A **13** • S-A **19** • S-A **39** • S-A **52** • S-A **118** • S-A **125** • S-A **126** • S-A **136** • S-A **158**

H. Attentats ou complots contre hauts personnages.

Chaque récit tourne autour d'un attentat — visant souvent la sécurité d'un état — que San-Antonio doit à tout prix empêcher, à moins qu'il n'ait pour mission de… l'organiser au service de la France !

→ S-A **48** • S-A **77** • S-A **11** • S-A **21** • S-A **88** • S-A **96** • S-A **33** • S-A **95** • S-A **98** • S-A **102** • S-A **106** • S-A **109** • S-A **120** • S-A **124** • S-A **130**

I. Une aiguille dans une botte de foin !

A partir d'indices minuscules, San-Antonio doit *mettre la main sur un individu, une invention, un document* d'un intérêt capital. Chien de chasse infatigable, héroïque, il ira parfois au bout du monde pour dénicher sa proie.

→ S-A **49** • S-A **53** • S-A **57** • S-A **66** • S-A **71** • S-A **72** • S-A **40** • S-A **15** • S-A **12** • S-A **87** • S-A **24** • S-A **29** • S-A **31** • S-A **37** • S-A **89** • S-A **20** • S-A **30** • S-A **69** • S-A **75** • S-A **79** • S-A **82** • S-A **101** • S-A **104** • S-A **105** • S-A **112** • S-A **115** • S-A **117** • S-A **119** • S-A **121** • S-A **134** • S-A **142** • S-A **146** • S-A **147** • S-A **150** • S-A **153** • S-A **156** • S-A **157** • S-A **164** • S-A **166** • S-A **167**

J. Aventures aux thèmes entremêlés

Quelques récits n'ont pris place — en priorité du moins — dans aucune des rubriques précédentes. Pour ceux-là, le choix aurait été artificiel car aucun des motifs ne se détache du lot : ils s'ajoutent ou s'insèrent l'un dans l'autre. La caractéristique est donc ici *l'accumulation des thèmes*.

→ S-A **32** • S-A **99** • S-A **1** • S-A **6** • S-A **64** • S-A **155** • S-A **162** • S-A **168** • S-A **169**

SANS OUBLIER…

Voilà répartis en thèmes simplistes *tous* les ouvrages de la série. Mais bien entendu, les préférences de chacun sont multiples. Plus d'un lecteur choisira de s'embarquer dans un San-Antonio pour des raisons fort éloignées de la thématique du polar. Encore heureux ! On dépassera alors le point de vue du spécialiste, pour ranger de nombreux titres sous des bannières différentes. Avec un regard de plus en plus coloré par l'affection.

Note

Contrairement à ce qui précède, certains numéros vont apparaître ici à plusieurs reprises. C'est normal : on peut tout à la fois éclater de rire, pleurer, s'émerveiller, frissonner, s'émouvoir… dans un même San-Antonio !

• *Incursions soudaines dans le fantastique.*

Au cours de certaines affaires, on bascule tout à coup dans une ambiance mystérieuse, avec irruption du « fantastique ». San-Antonio se heurte à des faits étranges : sorcellerie, paranormal, envoûtement…

→ S-A **28** • S-A **20** • S-A **129** • S-A **135** • S-A **139** • S-A **140** • S-A **152** • S-A **172** • S-A **174**

• *Inventions redoutables et matériaux extraordinaires.*

Dans plusieurs romans, le recours à un attirail futuriste entraîne une irruption soudaine de la science-fiction. Il arrive même qu'il serve de motif au récit. Voici un échantillon de ces découvertes fabuleuses pour lesquelles on s'entretue : objectif fractal (un grain de beauté photographié par satellite !), réduction d'un homme à 25 cm, armée tenue en réserve par cryogénisation, échangeur de personnalité, modificateur de climats, neutraliseur de volonté, lunettes de télépathie, forteresse scientifique édifiée sous la Méditerranée, fragment d'une météorite transformant la matière en glace, appareil à ôter la mémoire, microprocesseur réactivant des cerveaux morts, et j'en passe… !

→ S-A **57** • S-A **12** • S-A **41** • S-A **23** • S-A **34** • S-A **35** • S-A **37** • S-A **89** • S-A **17** • S-A **20** • S-A **30** • S-A **64** • S-A **69** • S-A **75** • S-A **105** • S-A **123** • S-A **129** • S-A **146**

- *Savants fous et terrifiantes expériences humaines.*

→ S-A **30** • S-A **52** • S-A **116** • S-A **127** • S-A **163**

- *Romans « charnière ».*

Sont ainsi désignés les romans où apparaît pour la première fois un nouveau personnage, qui prend définitivement place aux côtés de San-Antonio.

S-A **43** : Félicie (sa mère), en 1950.
S-A **45** : Le Vieux (Achille), en 1952.
S-A **49** : Bérurier, en 1953.
S-A **53** : Pinaud, en 1954.
S-A **66** : Berthe (déjà évoquée, mais première apparition physique), en 1957.

S-A **37** : Marie-Marie, en 1968.
S-A **94** : Toinet (ou Antoine, le fils adoptif de San-Antonio), en 1971.
S-A **128** : Jérémie Blanc, en 1986.
S-A **168** : Salami, en 1997.
S-A **173** : Antoinette (fille de San-Antonio et Marie-Marie), en 1999.

Mathias, le technicien rouquin, est apparu peu à peu, sous d'autres noms.

• *Bérurier et Pinaud superstars !*

Le Gros, l'Inénarrable, Béru ! est sans conteste le plus brillant « second » du commissaire San-Antonio. Présent dans l'immense majorité des romans, il y déploie souvent une activité débordante. Sans se hisser au même niveau, le doux et subtil Pinaud tient également une place de choix…

• **participation *importante* de Bérurier.**

→ S-A **18** • S-A **10** • S-A **11** • S-A **14** • S-A **22** • S-A **88** • S-A **23** • S-A **24** • S-A **27** • S-A **28** • S-A **32** • S-A **34** • S-A **37** • S-A **89** • S-A **90** • S-A **93** • S-A **97** • S-A **1** • S-A **20** • S-A **30** • S-A **33** • S-A **46** • S-A **52** • S-A **75** • S-A **101** • S-A **104** • S-A **109** • S-A **116** • S-A **126** • S-A **145** • S-A **163** • S-A **166**

N'oublions pas les « Hors-Collection », avec notamment *Queue-d'âne* où Bérurier est seul présent de bout en bout.

• **participation** ***importante*** **de Bérurier et Pinaud**
→ S-A **12** • S-A **87** • S-A **25** • S-A **35** • S-A **96** • S-A **105** • S-A **111** • S-A **148** (fait exceptionnel : San-Antonio ne figure pas dans ce roman !) • S-A **156**

• *Marie-Marie, de l'enfant espiègle à la femme mûre*

Dès son apparition, Marie-Marie a conquis les lecteurs. La fillette malicieuse, la « Musaraigne » éblouissante de Viva Bertaga qui devient femme au fil des romans est intervenue dans plusieurs aventures de San-Antonio.

• **Fillette espiègle et débrouillarde.**
→ S-A **37** • S-A **38** • S-A **39** • S-A **92** • S-A **99**

• **Adolescente indépendante et pleine de charme.**
→ S-A **60** • S-A **69** • S-A **85**

• **Belle jeune femme, intelligente et profonde.**
Il ne s'agit parfois que d'apparitions intermittentes.
→ S-A **103** • S-A **111** • S-A **119** • S-A **120** • S-A **131** (où Marie-Marie devient veuve !) • S-A **139** • S-A **140** • S-A **152**

• **Femme mûre, mère d'Antoinette (fille de San-Antonio).**
→ S-A **173** • S-A **174**

• *Le rire*

Passé la première trentaine de romans (et encore !), le *rire* a sa place dans toutes les aventures de San-Antonio, si l'humour, lui, est *partout*, y compris au cœur de la colère, de l'amour et de la dérision. Mais plusieurs aventures atteignent au délire et nous transportent vraiment d'hilarité par endroits. Dans cette catégorie décapante, on conseillera vivement :

→ S-A **10** • S-A **14** • S-A **87** • S-A **88** • S-A **23** • S-A **25** • S-A **2** • S-A **35**

Y ajouter, là encore, tous les « Hors-Collection ». Qui n'a pas lu *L'Histoire de France vue par San-Antonio* ou *Les vacances de Bérurier* n'a pas encore exploité son capital rire ! Des romans souverains contre la morosité, qui devraient être remboursés par la Sécurité Sociale !

• *Grandes épopées planétaires*

San-Antonio — le plus souvent accompagné de Bérurier — nous entraîne aux quatre coins de la planète dans des aventures épiques et « colossales ». Humour, périls mortels, action, rebondissements.

→ S-A **10** • S-A **87** • S-A **88** • S-A **24** • S-A **37** • S-A **89**

• *Les « inoubliables »*

Je rangerais sous ce titre quelques romans-choc (dont certains ont déjà été cités plusieurs fois, notamment dans les épopées ci-dessus). On tient là des chefs-d'œuvre, où l'émotion du lecteur est à son comble. Bien sûr, c'est subjectif, mais quel autre critère adopter pour ce qui relève du coup de cœur ? Lisez-les : vous serez vite convaincus !

→ S-A **61** • S-A **70** • S-A **83** • S-A **10** • S-A **87** • S-A **88** • S-A **24** • S-A **25** • S-A **37** • S-A **111** • S-A **132** • S-A **140**

POUR FINIR...

Il ne reste plus qu'à souhaiter à tous ceux qui découvrent les aventures de San-Antonio (comme je les envie !) des voyages colorés, passionnants, émouvants, trépidants, surprenants, pathétiques, burlesques, magiques, étranges, inattendus ; des séjours enfiévrés ; des rencontres mémorables ; des confidences où l'intime se mêle à l'épopée.

Quant aux autres, ils savent déjà tout ça, n'est-ce pas ?

Ce qui ne les empêche pas de revisiter à tout instant ce monument de la littérature d'évasion, inscrit à notre patrimoine.

Raymond Milési

Achevé d'imprimer sur les presses de

BUSSIÈRE

GROUPE CPI

à Saint-Amand-Montrond (Cher)
en avril 2002

FLEUVE NOIR
12, avenue d'Italie
75627 Paris Cedex 13
Tél. : 01-44-16-05-00

— N° d'imp. 22134. —
Dépôt légal : mai 2002.

Imprimé en France